François Cheng est né en 1929 dans la province de Shandong et vit en France depuis 1949. Poète, calligraphe, traducteur de la poésie chinoise en français et de la poésie française en chinois, auteur d'essais remarquables sur la culture littéraire et picturale de la Chine, il a vu son œuvre couronnée par le Grand Prix de la francophonie de l'Académie française, avant d'y être élu en 2002. Ses romans (dont *Le Dit de Tian-yi*, prix Femina 1998) et ses *Cinq méditations sur la beauté* ont connu un très large succès.

FRANÇOIS CHENG
de l'Académie française

Cinq méditations sur la beauté

ALBIN MICHEL

Avant-propos de l'éditeur

Peu de livres naissent ainsi. Les pages qui suivent sont le fruit d'une histoire singulière, une histoire de rencontres. Bien sûr, elles ont aussi leur pré-histoire, qui s'enracine dans une vie tout entière vouée à l'écriture, à la transmission d'une tradition artistique millénaire, au dialogue entre les pensées d'Orient et d'Occident. Mais au moment de condenser en peu d'espace l'essentiel de ses recherches et réflexions, comme le désir l'en habitait depuis plusieurs années, François Cheng se trouvait comme désemparé : ce qu'il avait à dire, au fond, dépassait le cadre de la seule érudition, l'impliquait au plus profond de sa démarche personnelle, et ne pouvait prendre la forme d'un lourd traité académique, lequel eût pu être utile, certes, mais non fertile. À quoi bon parler de la beauté si ce n'est pas pour tenter de rendre l'homme au meilleur de lui-même, et surtout risquer une parole qui puisse le transformer ? Tout se passait alors comme si au cœur de l'homme François Cheng, le poète interpellait l'écrivain et le savant : il leur montrait l'indécence qu'il y aurait à disserter doctement d'un sujet où est en jeu rien de moins que le salut de l'humanité. Il leur enjoignait de ne pas évoquer le mot « beauté » sans une conscience aiguë de la barbarie du monde. Il leur clamait que face au règne quasi général du cynisme, l'esthétique ne peut atteindre le fond d'elle-même qu'en se laissant subvertir par l'éthique.

Il fallait donc revenir à l'essentiel, c'est-à-dire à la réalité cruciale du « entre », à la relation qui unit les êtres, à « ce qui surgit d'entre les vivants, fait d'inattendus et d'inespérés », dont parlait déjà le poète dans son introduction au *Livre du Vide médian*. D'où l'idée d'un détour, dans le processus d'écriture, par la rencontre réelle avec des humains de chair et de sang, de regard et d'écoute. Persuadé que le dévoilement de la vraie beauté passe par l'entrecroisement et l'interpénétration, François Cheng désirait solliciter des visages, devant lesquels les mots de beauté pourraient jaillir, comme irrésistiblement. C'est ainsi qu'un cercle informel d'amis – artistes ou scientifiques, philosophes ou psychanalystes, écrivains ou anthropologues, connaisseurs ou non de l'Orient et de la Chine – eurent le privilège, en cinq inoubliables soirées*, d'assister à la genèse de ces méditations. Ou plutôt de vivre en partage cette genèse, tant le poète tenait à s'impliquer dans une relation d'échange créatif.

Ces cinq méditations sont donc marquées du sceau de l'oralité, elles doivent être lues comme telles. Elles procèdent souvent par approfondissements progressifs, dans une forme de pensée en spirale où certaines répétitions, inévitables, sont en fait riches d'un neuf issu de l'échange entre le poète et ses interlocuteurs. Chaque participant à ces rencontres a pu faire, en ces moments de présence intense, une étrange expérience :

* L'auteur et l'éditeur expriment toute leur gratitude à Ysé Tardan-Masquelier et à Patrick Tomatis, qui ont permis que ces soirées puissent se tenir dans le cadre très approprié d'une belle salle de méditation, au siège de la Fédération nationale des enseignants de yoga.

un homme se donnait tout entier, avec humilité, pour évoquer une réalité apparemment « inutile », négligée, voire ridiculisée par notre société, mais au cœur de cette précieuse fragilité, *entre* les êtres, advenait quelque chose d'unique que chacun, soudain, percevait comme fondamental.

Nées du partage, ces méditations sont ici offertes au partage d'un plus grand nombre, pour que vive l'étincelle de beauté qu'elles auront allumée.

Jean MOUTTAPA

Première méditation

En ces temps de misères omniprésentes, de violences aveugles, de catastrophes naturelles ou écologiques, parler de la beauté pourra paraître incongru, inconvenant, voire provocateur. Presque un scandale. Mais en raison de cela même, on voit qu'à l'opposé du mal, la beauté se situe bien à l'autre bout d'une réalité à laquelle nous avons à faire face. Je suis persuadé que nous avons pour tâche urgente, et permanente, de dévisager ces deux mystères qui constituent les extrémités de l'univers vivant : d'un côté, le mal ; de l'autre, la beauté.

Le mal, on sait ce que c'est, surtout celui que l'homme inflige à l'homme. Du fait de son intelligence et de sa liberté, quand l'homme s'enfonce dans la haine et la cruauté, il peut creuser des abîmes pour ainsi dire sans fond, ce qu'aucune bête, même la plus féroce, ne parvient à faire. Il y a là un mystère qui hante notre conscience, y causant une blessure apparemment inguérissable. La beauté, on sait aussi ce que c'est. Pour peu qu'on y songe cependant, on ne manque pas d'être frappé d'étonnement : l'univers n'est pas obligé d'être beau, et pourtant il est beau. À la lumière de cette constatation, la beauté du monde, en dépit des calamités, nous apparaît également comme une énigme.

Que signifie l'existence de la beauté pour notre propre existence ? Et en face du mal, que signifie la phrase de Dostoïevski : « La beauté sauvera le monde[1] » ? Le mal, la beauté, ce sont là les deux défis que nous devons relever. Ne nous échappe pas le fait que mal et beauté ne se situent pas seulement aux antipodes : ils sont parfois imbriqués. Car il n'est pas jusqu'à la beauté même que le mal ne puisse tourner en instrument de tromperie, de domination ou de mort. Mais une beauté qui ne serait pas fondée sur le bien est-elle encore « belle » ? La vraie beauté ne serait-elle pas elle-même un bien ? Intuitivement, nous savons que distinguer la vraie beauté de la fausse fait partie de notre tâche. Ce qui est en jeu n'est rien de moins que la vérité de la destinée humaine, une destinée qui implique les données fondamentales de notre liberté.

Il vaut peut-être la peine que je m'attarde sur la raison plus intime qui me pousse à traiter de la question de la beauté et à ne pas négliger non plus celle du mal. C'est que très tôt, enfant encore, en l'espace de trois ou quatre ans, j'ai été littéralement « terrassé » par ces deux phénomènes extrêmes. Par la beauté d'abord.

Originaires de la province de Jiangxi où se trouve le mont Lu, mes parents nous y emmènent chaque été faire un séjour. Ce mont Lu, qui appartient à une chaîne de montagnes, s'élève à près de quinze cents mètres, dominant d'un côté le fleuve Yangzi et de l'autre le lac Boyang.

Par sa situation exceptionnelle, il est considéré comme un des plus beaux endroits de Chine. Aussi,

---

1. Fédor Dostoïevski, *L'Idiot*, Paris, Gallimard, coll. « Folio », 2001, IIIᵉ partie, chap. I.

depuis une quinzaine de siècles, est-il investi par des ermites, des religieux, des poètes et des peintres. Découvert par les Occidentaux, notamment les missionnaires protestants, vers la fin du XIXᵉ siècle, il est devenu leur lieu de villégiature. Ceux-ci se sont regroupés autour d'une colline centrale, la parsemant de chalets et de cottages. En dépit des vestiges anciens et de ces habitations modernes, le mont Lu continue à exercer son pouvoir de fascination, car les montagnes environnantes conservent leur beauté originelle. Une beauté que la tradition qualifie de mystérieuse, au point qu'en chinois l'expression « beauté du mont Lu » signifie « un mystère insondable ».

Je ne vais pas m'employer à décrire cette beauté. Disons qu'elle est due à sa situation exceptionnelle évoquée tout à l'heure, qui offre des perspectives toujours renouvelées et des jeux de lumière infinis. Elle est due aussi à la présence de brumes et de nuages qui voilent et dévoilent tour à tour le visage de la montagne, de rochers fantastiques mêlés à une végétation dense et variée, à des chutes et des cascades qui font entendre, à longueur de jours et de saisons, une musique ininterrompue. Les nuits d'été qu'enfièvrent les lucioles, entre le fleuve et la Voie lactée, la montagne exhale ses senteurs venues de toutes les essences ; enivrées, les bêtes éveillées se donnent à la clarté lunaire, les serpents déroulent leur satin, les grenouilles étalent leurs perles, les oiseaux, entre deux cris, lancent des flèches de jais…

Mais mon propos n'est pas descriptif. Je voudrais simplement dire qu'à travers le mont Lu, la Nature, de toute sa formidable présence, se manifeste à l'enfant de six ou sept ans que je suis, comme un recel inépuisable, et surtout, comme une passion irrépressible. Elle semble m'appeler à participer à son aventure, et cet appel me bouleverse, me foudroie. Tout jeune que je suis, je n'ignore pas que cette Nature recèle aussi beaucoup de violences et de cruautés. Comment ne pas entendre cependant le message qui résonne en moi : la beauté existe !

Toujours au sein de ce monde presque originel, ce message sera bientôt confirmé par la beauté du corps humain, plus précisément celle du corps féminin. Sur le sentier, il m'arrive de croiser des jeunes filles occidentales en maillot de bain. Elles se rendent à un bassin formé par des cascades pour s'y baigner. Le maillot de l'époque est tout ce qu'il y a de plus pudique. Mais la vue des épaules nues, des jambes nues, dans la lumière de l'été, quel choc ! Et les rires de joie de ces jeunes filles qui répondent au bruissement des cascades ! Il semble que la Nature a trouvé là un langage spécifique, capable de la célébrer. Célébrer, c'est cela. Il faut bien que les humains fassent quelque chose de cette beauté que la Nature leur offre.

Je ne tarde pas à découvrir la chose magique qu'est l'art. Les yeux écarquillés, je commence à regarder plus attentivement la peinture chinoise qui recrée si merveilleusement les scènes brumeuses de la montagne. Et découverte parmi les découvertes : un autre type de peinture. Une de mes tantes, revenue de France, nous rapporte des reproductions du Louvre et d'ailleurs. Nouveau choc devant le corps nu des femmes si charnellement et si idéalement montré : Vénus grecques, modèles de Botticelli, de Titien, et surtout, plus proches de nous, de Chassériau, d'Ingres. *La Source* d'Ingres, emblématique, pénètre l'imaginaire de l'enfant, lui tire des larmes, lui remue le sang.

On est fin 1936. Moins d'un an après éclate la guerre sino-japonaise. Les envahisseurs japonais comptaient sur une guerre courte. La résistance chinoise les a surpris. Lorsque, au bout de plusieurs mois, ils prennent la capitale, a lieu le terrible massacre de Nankin. Je viens d'avoir huit ans.

En deux ou trois mois, l'armée japonaise, déchaînée, réussit à mettre à mort trois cent mille personnes, cela sous des formes variées et cruelles : mitraillage de la foule en fuite, exécutions massives par décapitation au sabre, innocents précipités par groupes entiers dans de larges fossés où ils sont enterrés vifs.

D'autres scènes d'horreur : des soldats chinois faits prisonniers attachés debout sur des poteaux pour l'exercice à la baïonnette des soldats japonais. Ceux-ci, en rang, leur font face. À tour de rôle, chaque soldat sort du rang, fonce sur la cible en vociférant et plante la baïonnette dans la chair vivante...

Aussi horrible est le sort réservé aux femmes. Viols individuels, viols collectifs suivis maintes fois de mutilations, de meurtres. Une des manies des soldats violeurs : photographier la femme ou les femmes violées qu'ils obligent à se tenir à côté d'eux, debout, nues. Certaines de ces photos sont publiées dans les documents chinois dénonçant les atrocités japonaises. Dès lors, dans la conscience de l'enfant de huit ans que je suis, à l'image de la beauté idéale dans *La Source* d'Ingres, vient s'ajouter, en surimpression, celle de la femme souillée, meurtrie en son plus intime.

Évoquant ces faits historiques, je ne veux absolument pas signifier que les actes d'atrocité sont l'apanage d'un seul peuple. Par la suite, j'aurai le temps de connaître l'histoire de la Chine et celle du monde. Je sais que le mal, que la capacité à faire le mal, est un fait universel qui relève de l'humanité entière.

Toujours est-il que ces deux phénomènes saillants, extrêmes, hantent maintenant ma sensibilité. Il me sera aisé plus tard de me rendre compte que le mal et

la beauté constituent les deux extrémités de l'univers
vivant, c'est-à-dire du réel. Je sais donc que, désormais,
il me faudra tenir les deux bouts : en ne traitant que
l'un et en négligeant l'autre, ma vérité ne sera jamais
valable. Je comprends d'instinct que sans la beauté, la
vie ne vaut probablement pas la peine d'être vécue, et
que d'autre part une certaine forme de mal vient justement de l'usage terriblement perverti que l'on fait de
la beauté.

C'est la raison pour laquelle je me présente aujour-
d'hui devant vous pour dévisager, bien tardivement
dans ma vie, la question de la beauté, en tâchant de ne
pas oublier l'existence du mal. Tâche ardue et ingrate,
je le sais. À l'époque de la confusion des valeurs, il est
plus avantageux de se montrer railleur, cynique, sar-
castique, désabusé, ou encore désinvolte. Le courage
d'affronter cette tâche me vient, je crois, de mon désir
d'accomplir un devoir autant envers les souffrants et
les disparus que vis-à-vis de ceux qui vont venir.
    Comment ne pas avouer cependant que je suis pris
de scrupules, sinon saisi d'angoisse. Devant vous
j'appréhende, tout en les trouvant légitimes, les questions qui pourraient surgir : « D'où parlez-vous, de
quelle position partez-vous ? De quelle légitimité vous
réclamez-vous ? » À ces questions, je réponds en toute
simplicité que je n'ai pas de qualification particulière.
Une seule règle me guide : ne rien négliger de ce que
la vie comporte ; ne jamais se dispenser d'écouter les
autres et de penser par soi-même. Il est indéniable que
je viens d'une certaine terre et d'une certaine culture.
Connaissant mieux cette culture, je me fais un devoir
d'en présenter la meilleure part. Mais du fait de mon
exil, je suis devenu un homme de nulle part, ou alors

de toutes parts. Je ne parle donc pas au nom d'une tradition, d'un idéal légué par des Anciens dont la liste serait limitative, encore moins d'une métaphysique pré-affirmée, d'une croyance préétablie.

Je me présente plutôt comme un phénoménologue un peu naïf qui observe et interroge non seulement les données déjà repérées et cernées par la raison, mais ce qui est recelé et impliqué, ce qui surgit de façon inattendue et inespérée, ce qui se manifeste comme don et promesse. Je n'ignore pas que dans l'ordre de la matière, on peut et on doit établir des théorèmes ; je sais en revanche que, dans l'ordre de la vie, il convient d'apprendre à saisir les phénomènes qui adviennent, chaque fois singuliers, lorsque ceux-ci se révèlent être dans le sens de la Voie, c'est-à-dire d'une marche vers la vie ouverte. Outre mes réflexions, le travail que je dois effectuer consiste plutôt à creuser en moi la capacité à la réceptivité. Seule une posture d'accueil – être « le ravin du monde », selon Laozi –, et non de conquête, nous permettra, j'en suis persuadé, de recueillir, de la vie ouverte, la part du vrai.

Prononçant ce mot, *vrai*, une interrogation me vient à l'esprit. Je me propose de réfléchir sur la beauté, fort bien ; de là à la présenter comme la plus haute manifestation de l'univers créé, est-ce légitime ? Si nous nous appuyons sur la tradition platonicienne, dans le monde des Idées, n'est-ce pas le vrai ou la vérité qui doit occuper la première place ? Et immédiatement après, l'éminence ne doit-elle pas revenir au bien ou à la bonté ? Cette interrogation, combien légitime, doit en effet demeurer présente tout au long de notre réflexion. Il nous faudra, en développant notre pensée sur le beau, tenter de la justifier au fur et à mesure par rapport aux notions de vérité et de bien.

Pour l'instant, commençons par avancer ceci. Que le vrai ou la vérité soit fondamental, cela nous paraît une évidence. Puisque l'univers vivant est là, il faut bien qu'il y ait une vérité pour que cette réalité, en sa totalité, puisse fonctionner. Quant au bien ou à la bonté, nous en comprenons aussi la nécessité. Pour que l'existence de cet univers vivant puisse perdurer, il faut bien qu'il y ait un minimum de bonté, sinon on risquerait de s'entretuer jusqu'au dernier, et tout serait vain. Et la beauté ? Elle existe, sans que nullement sa nécessité, au premier abord, paraisse évidente. Elle est là, de façon omniprésente, insistante, pénétrante, tout en donnant l'impression d'être superflue, c'est là son mystère, c'est là, à nos yeux, le plus grand mystère.

Nous pourrions imaginer un univers qui ne serait que *vrai*, sans que la moindre idée de beauté vienne l'effleurer. Ce serait un univers uniquement fonctionnel où se déploieraient des éléments indifférenciés, uniformes, qui se mouvraient de façon absolument interchangeable. Nous aurions affaire à un ordre de « robots » et non à celui de la vie. De fait, le camp de concentration du XXe siècle nous a fourni de cet « ordre » une image monstrueuse.

Pour qu'il y ait vie, il faut qu'il y ait différenciation des éléments. Cette différenciation, en évoluant, en se complexifiant, a pour conséquence la singularité de chaque être. Cela est conforme à la loi de la vie qui implique justement que chaque être forme une unité organique spécifique et possède en même temps la possibilité de croître et de se transformer. C'est ainsi que la gigantesque aventure de la vie a abouti à chaque herbe, à chaque fleur, à chacun de nous, chacun unique et irremplaçable. Ce fait est d'une telle évidence que nous ne nous en étonnons plus. Pourtant, personnellement, je reste celui qui, depuis toujours, s'étonne.

En vieillissant, loin de me sentir désabusé, je m'étonne encore, et pourquoi ne pas le dire, je ne cesse de m'en féliciter, car je sais que l'unicité des êtres, donc de chaque être, représente un don inouï.

Il m'arrive, par fantaisie, d'imaginer la chose un peu autrement, en me disant que la différenciation des éléments aurait pu se réaliser par grandes catégories. Qu'il y ait par exemple la catégorie fleur, mais avec toutes les fleurs pareilles, ou la catégorie oiseau, avec tous les oiseaux identiques, la catégorie homme, la catégorie femme, etc.

Eh bien non, il y a cette fleur, cet oiseau, cet homme, cette femme. Dans l'ordre de la matière donc, au niveau du fonctionnement, on peut établir des théorèmes ; dans l'ordre de la vie, toute unité est toujours unique. Comment ne pas ajouter ici que si chacun est unique, c'est dans la mesure où tous les autres le sont aussi. Si j'étais le seul être unique, et si tous les autres étaient identiques, je ne serais qu'un échantillon bizarre, bon à être exposé dans la vitrine d'un musée. L'unicité de chacun ne saurait se constituer, s'affirmer, se révéler à mesure, et finalement prendre sens que face aux autres unicités, grâce aux autres unicités. Là est la condition même d'une vie ouverte. C'est bien à cette condition qu'elle ne risque pas de s'enfermer dans un narcissisme mortifère. Toute vraie unicité sollicite d'autres unicités, n'aspire qu'à d'autres unicités.

Le fait de l'unicité se vérifie autant dans l'espace que dans le temps. Dans l'espace, les êtres se remarquent et se démarquent par leur unicité. Dans le temps, chaque épisode, chaque expérience vécue par chaque être est également marquée au sceau de l'unicité. L'idée de ces instants uniques, lorsqu'ils sont heureux et beaux, suscite en nous des sentiments poignants, accompagnés d'une infinie nostalgie. Nous nous rendons à cette

évidence que l'unicité de l'instant est liée à notre condition de mortels ; elle nous la rappelle sans cesse. C'est
la raison pour laquelle la beauté nous paraît presque
toujours tragique, hantés que nous sommes par la
conscience que toute beauté est éphémère. C'est aussi
l'occasion pour nous de souligner d'ores et déjà que
toute beauté a précisément partie liée à l'unicité de
l'instant. Une vraie beauté ne saurait être un état figé
perpétuellement dans sa fixité. Son advenir, son apparaître-là, constitue toujours un instant unique ; c'est
son mode d'être. Chaque être étant unique, chacun de
ses instants étant unique, sa beauté réside dans son
élan instantané vers la beauté, sans cesse renouvelé, et
chaque fois nouveau.

À mes yeux, c'est précisément avec l'unicité que
commence la possibilité de la beauté : l'être n'est plus
un robot parmi les robots, ni une simple figure au
milieu d'autres figures. L'unicité transforme chaque
être en présence, laquelle, à l'image d'une fleur ou
d'un arbre, n'a de cesse de tendre, dans le temps, vers
la plénitude de son éclat, qui est la définition même de
la beauté.

En tant que présence, chaque être est virtuellement
habité par la capacité à la beauté, et surtout par le
« désir de beauté ». À première vue, l'univers n'est
peuplé que d'un ensemble de figures ; en réalité, il est
peuplé d'un ensemble de présences. Je suis près de
penser que chaque présence, qui ne peut être réduite à
rien d'autre, se révèle une transcendance. Pour ce qui
est plus spécifiquement de la figure humaine, j'aime et
fais mienne cette pensée de Henri Maldiney : « De
chaque visage humain rayonne une transcendance
impossessible qui nous enveloppe et nous traverse.
Cette transcendance n'est pas celle d'une expression
psychologique particulière, mais celle qu'implique, en

chaque visage, sa qualité d'être, sa dimension métaphysique. Elle est la transcendance de la réalité s'interrogeant en lui et réfléchissant en lui, et dans cette interrogation même la dimension exclamative de l'Ouvert[1]. »

C'est de cette réalité que naît la possibilité de dire « je » et « tu », que naît celle du langage, et peut-être aussi celle de l'amour.

Mais pour nous en tenir au thème de la beauté, nous constatons qu'à l'intérieur de la présence de chaque être, et de présence à présence, s'établit un complexe réseau d'entrecroisement et de circulation. Au sein de ce réseau se situe, justement, le désir que ressent chaque être de tendre vers la plénitude de sa présence au monde. Plus l'être est conscient, plus ce désir chez lui se complexifie : désir de soi, désir de l'autre, désir de transformation dans le sens d'une transfiguration, et d'une manière plus secrète ou plus mystique, un autre désir, celui de rejoindre le Désir originel dont l'univers même semble procéder, dans la mesure où cet univers apparaît en son entier une présence pleine d'une splendeur manifeste ou cachée. Dans ce contexte, la transcendance de chacun dont nous venons de parler ne se révèle, ne saurait exister que dans une relation qui l'élève et la dépasse. La vraie transcendance, paradoxalement, se situe dans l'*entre*, dans ce qui jaillit de plus haut quand a lieu le décisif échange entre les êtres et l'Être.

---

1. Henri Maldiney, *Ouvrir le rien. L'art nu*, La Versanne, Encre Marine, 2000.

Deuxième méditation

Lors de notre précédente méditation, j'ai dit que l'unicité des êtres, transformant les êtres en présence, a rendu possible la beauté. Cela ne nous empêche pas de poser, une fois de plus, la question lancinante : « L'univers n'est pas obligé d'être beau, mais il est beau ; cela signifierait-il quelque chose pour nous ? La beauté ne serait-elle qu'un surplus, un superflu, un ajout ornemental, une sorte de "cerise sur le gâteau" ? Ou s'enracine-t-elle dans un sol plus originel, obéissant à quelque intentionnalité de nature plus ontologique ? »

Que l'univers nous frappe par sa magnificence, que la Nature se révèle foncièrement belle, c'est là un fait confirmé par l'expérience partagée par tous. N'ayons garde d'oublier la beauté du visage humain : visage de femme célébré par les peintres de la Renaissance ; visage d'homme fixé par certaines icônes. Pour nous en tenir à la seule Nature, il n'est pas difficile de dégager quelques-uns des éléments qui tissent le sentiment du beau que nous éprouvons tous :

la splendeur d'un ciel étoilé dans le bleu de la nuit

la magnificence de l'aurore ou du couchant partout dans le monde la majesté d'un grand fleuve traversant les défilés rocheux et fécondant les plaines fertiles

la montagne haut dressée avec son sommet enneigé, ses pentes verdoyantes et ses vallées fleuries

une oasis éclose au cœur d'un désert

un cyprès debout au milieu d'un champ

la superbe course des antilopes dans la savane

l'envol d'un troupeau d'oies sauvages au-dessus d'un lac.

Toutes ces scènes nous sont si connues qu'elles en deviennent presque des clichés. Notre pouvoir d'étonnement et d'émerveillement en est émoussé, alors que chaque scène, chaque fois unique, devrait nous offrir l'occasion de voir l'univers comme pour la première fois, comme au matin du monde.

Ici, déjà, une question se pose à nous. Cette beauté naturelle que nous observons, est-elle une qualité originelle, intrinsèque à l'univers qui se fait, ou résulte-t-elle d'un hasard, d'un accident ? Question légitime puisque, selon certaine thèse, la vie ne serait due qu'à la rencontre fortuite de différents éléments chimiques. Ainsi, quelque chose a commencé à bouger et voici qu'une matière est devenue vivante. D'aucuns dépeignent volontiers celle-ci comme un épiphénomène, et pour faire plus imagé, comme une « moisissure » sur la surface d'une planète, laquelle est perdue tel un grain de sable au milieu d'un océan de galaxies. Pourtant cette « moisissure » s'est mise à fonctionner, en se complexifiant, jusqu'à produire de l'imagination et de l'esprit. Ne se contentant pas de fonctionner, elle a réussi à se perpétuer en instaurant les lois de la transmission. Non contente de se transmettre, il lui a pris de devenir belle.

Que la « moisissure » se mette à fonctionner en évoluant, il y a de quoi s'étonner. Qu'elle réussisse à durer en se transmettant, il y a de quoi s'étonner davantage.

Qu'elle tende, irrépressiblement dirait-on, vers la beauté, il y a de quoi s'ébahir ! Au petit bonheur la chance donc, la matière, un *beau* jour, est devenue belle. À moins que, dès le début, la matière ait contenu, en potentialité, une promesse de la beauté, une capacité à la beauté ?

Nous ne chercherons pas, en un vain effort, à trancher entre une thèse « cynique » et une thèse plus « inspirante ». L'important pour nous est de rester fidèle au réel, à tout le réel ; d'être humble suffisamment pour accueillir tous les faits qui nous interpellent, qui ne nous laissent pas tranquilles.

Concernant la beauté, nous observons objectivement que, de fait, notre sens du sacré, du divin, vient non de la seule constatation du vrai, c'est-à-dire de quelque chose qui effectue sa marche, qui assure son fonctionnement, mais bien plus de celle du beau, c'est-à-dire de quelque chose qui frappe par son énigmatique splendeur, qui éblouit et subjugue. L'univers n'apparaît plus comme une donnée ; il se révèle un don invitant à la reconnaissance et à la célébration. Alain Michel, professeur émérite à la Sorbonne, dans son ouvrage *La Parole et la Beauté*, affirme : « Comme le croyaient tous les philosophes de la Grèce antique, le sacré se trouve lié à la beauté[1]. » Tous les grands textes religieux vont dans le même sens. Sans avoir besoin de nous référer à eux, nous pouvons l'observer nous-mêmes. N'est-ce pas la présence d'une très haute montagne couronnée de neiges éternelles – que Kant classe parmi les entités sublimes – qui inspire la vénération sacrée chez les habitants d'alentour ? N'est-ce

---

1. Alain Michel, *La Parole et la Beauté. Rhétorique et esthétique dans la tradition occidentale*, Paris, Albin Michel, 1982 (1994), p. 48.

pas aux moments les plus émerveillés, moments proches de l'extase, que nous nous exclamons : « C'est divin ! » ?

Si je poussais plus avant ma pensée, je dirais que notre sens du sens, notre sens d'un univers ayant sens vient aussi de la beauté. Ceci dans la mesure où, justement, cet univers composé d'éléments sensibles et sensoriels prend toujours une orientation précise, celle de tendre, à l'instar d'une fleur, d'un arbre, vers la réalisation du désir de l'éclat d'être qu'il porte en lui, jusqu'à ce qu'il signe la plénitude de sa présence au monde. On trouve, en ce processus, les trois acceptions du mot *sens* en français : sensation, direction, signification.

C'est peu dire que l'homme a commerce avec la beauté. Au cœur de ses conditions tragiques, c'est dans la beauté, en réalité, qu'il puise sens et jouissance. Plus loin, au fur et à mesure que nous aborderons la question de la création artistique, nous essayerons de nous appuyer sur quelques grandes traditions esthétiques, et de dégager certains critères de valeur pour jauger et juger la beauté. Pour l'heure, il me suffit de suggérer que la beauté que j'ai en vue ne se limite pas à des combinaisons de traits extérieurs, à l'apparence, laquelle peut être cernée par tout un arsenal de qualificatifs : jolie, plaisante, colorée, chatoyante, somptueuse, élégante, bien équilibrée, bien proportionnée, etc.

La beauté formelle existe, bien entendu, mais elle est loin d'englober toute la réalité de la beauté. Celle-ci relève proprement de l'Être, mû par l'impérieux désir de beauté. La vraie beauté ne réside pas seulement dans ce qui est déjà donné comme beauté ; elle est presque avant tout dans le désir et dans l'élan. Elle est un advenir, et la dimension de l'esprit ou de l'âme lui est vitale. De ce fait, elle est régie par le principe de vie. Alors, au-dessus de tous les critères possibles, un seul se porte garant de son authenticité : la vraie beauté est celle qui va dans le sens de la Voie, étant entendu que la Voie n'est autre que l'irrésistible marche vers la vie ouverte, autrement dit un principe de vie qui maintient ouvertes toutes ses promesses. Ce critère fondé sur le principe de vie – qui ne me fait pas oublier la question de la mort que nous aborderons – exclut toute utilisation de la beauté comme outil de tromperie ou de domination. Une telle utilisation est la laideur même ; elle constitue toujours un chemin de destruction. Oui, il faut toujours éviter de confondre l'essence d'une chose et l'usage que l'on pourrait en faire. Combien cela est vrai pour ce qui est de la beauté !

Afin de donner plus de clarté à mon propos, ajoutons encore ceci : la beauté est quelque chose de virtuellement là, depuis toujours là, un désir qui jaillit de l'intérieur des êtres, ou de l'Être, telle une fontaine inépuisable qui, plus que figure anonyme et isolée, se manifeste comme présence rayonnante et reliante, laquelle incite à l'acquiescement, à l'interaction, à la transfiguration.

Relevant de l'être et non de l'avoir, la vraie beauté ne saurait être définie comme moyen ou instrument. Par essence, elle est une manière d'être, un état d'existence. Observons-la à travers un des symboles de la beauté : la rose. Cela au risque de tomber dans un discours « à l'eau de rose » ! Courons ce risque. Par quelle voie d'habitude et de déformation, la rose est-elle devenue cette image un peu banale, un peu mièvre, alors qu'il a fallu que l'univers ait évolué durant des milliards d'années pour produire cette entité miraculeuse d'harmonie, de cohérence et de résolution ?

Acceptons de nous pencher une bonne fois sur la rose. Commençons par nous rappeler ce distique d'Angelus Silesius, un poète du XVIIe siècle originaire de Silésie, qu'on affilie aux mystiques rhéno-flamands, tels que Maître Eckhart ou Jacopo Boehme :

> *La rose est sans pourquoi, fleurit parce qu'elle fleurit ;*
> *Sans souci d'elle-même, ni désir d'être vue*[1].

Vers connus, admirables, devant lesquels on ne peut que s'incliner. En effet, la rose est sans pourquoi, comme tous les vivants, comme nous tous. Si toutefois un naïf observateur voulait ajouter quelque chose, il pourrait dire ceci : être pleinement une rose, en son unicité, et nullement une autre chose, cela constitue une suffisante raison d'être. Cela exige de la rose qu'elle mette en branle toute l'énergie vitale dont elle est chargée. Dès l'instant où sa tige émerge du sol, celle-ci pousse dans un sens, comme mue par une inébranlable volonté. À travers elle se fixe une ligne de force qui se cristallise en un bouton. À partir de ce bouton, les feuilles puis les pétales vont bientôt se former et s'éployer, épousant telle courbure, telle sinuosité, optant pour telle teinte, tel arôme. Désormais, rien ne pourra plus l'empêcher d'accéder à sa signature, à son désir de s'accomplir, se nourrissant de la substance venue du sol, mais aussi du vent, de la rosée, des rayons du soleil. Tout cela en vue de la plénitude de son être, une plénitude posée dès son germe, dès un très lointain commencement, de toute éternité, pourrait-on dire.

---

1. Angelus Silesius, *Le Pèlerin chérubinique*, Paris, Le Cerf, 1994, livre I, § 289, p. 97.

Voilà enfin la rose qui se manifeste dans tout l'éclat de sa présence, propageant ses ondes rythmiques vers ce à quoi elle aspire, le pur espace sans limites. Cette irrépressible ouverture dans l'espace est à l'image d'une fontaine qui rejaillit sans cesse du fond. Car pour peu que la rose veuille durer le temps de son destin, elle se doit de s'appuyer aussi sur un enfouissement dans la profondeur. Entre le sol et l'air, entre la terre et le ciel s'effectue alors un va-et-vient que symbolise la forme même des pétales, forme si spécifique, à la fois recourbée vers l'intérieur de soi et tournée vers l'extérieur en un geste d'offrande. Ce que Jacques de Bourbon Busset résume avec une formule heureuse : «éclat de la chair, ombre de l'esprit». Il convient en effet que la chair soit dans l'éclat et que l'esprit soit à l'ombre, afin que ce dernier puisse soutenir le principe de vie qui régit la chair. Lors même que les pétales seraient tombés et mêlés à l'humus nourricier, persisterait leur invisible parfum, comme une émanation de leur essence, ou un signe de leur transfiguration.

«En un geste d'offrande», avons-nous dit. Pourtant le poète, lui, a écrit : «sans souci d'elle-même, ni désir d'être vue». Il est vrai que le pourquoi d'une rose étant d'être pleinement une rose, l'instant de sa plénitude d'être coïncide avec la plénitude de l'Être même. Autrement dit, le désir de la beauté s'absorbe dans la beauté ; celle-ci n'a plus à se justifier. Si nous continuons à vouloir raisonner en termes de «être vue» ou «ne pas être vue», disons que la beauté de la rose dont l'éclat résonne à tout l'éclat de l'univers – outre le rôle qu'elle joue dans l'«éducation» du regard des hommes – il n'y a en fin de compte qu'un regard divin qui puisse l'accueillir. J'ai bien dit : l'accueillir, et non la cueillir !

Il me revient à l'esprit ce que j'ai dit des trois acceptions du mot *sens*. Ce vocable monosyllabique semble en effet comprimer, ou condenser, en lui les trois états essentiels de l'Être tels que les dénombre la rose : sensation, direction, signification. Précisons que par signification, nous n'entendons pas forcément un acte intentionnel en vue de quelque chose. Si « en vue » il y a, c'est de la jouissance, tant il est vrai qu'on ne peut pleinement jouir de l'Être qu'en jouissant de tous ses sens, y compris de cette instinctive connaissance de sa propre présence au monde, en tant que « signe de vie », un signe qui implique toutes les potentialités et virtualités que l'on porte en soi.

La sensation ne saurait se limiter à son niveau sensoriel, et la beauté est bien cette potentialité et cette virtualité vers lesquelles tend tout être. Ici, presque inévitablement encore, du mot français « sens », nous glissons vers un caractère chinois qui lui est équivalent, sinon en plus riche, le caractère *yi* 意.

À sa base, l'idéogramme *yi* désigne ce qui vient de la profondeur d'un être, l'élan, le désir, l'intention, l'inclination ; l'ensemble de ces sens pouvant être englobé approximativement dans l'idée d'« intentionnalité ». Combiné avec d'autres caractères, il donne une série de mots composés aux sens variés mais ayant entre eux des liens organiques : on peut grosso modo les ranger sous deux catégories, ceux qui relèvent de l'esprit : idée, conscience, dessein, volonté, orientation, signification ; ceux qui appartiennent à l'âme : charme, saveur, désir, sentiment, aspiration, élan du cœur. Enfin, les surplombant tous, l'expression *yi-jing*, « état supérieur de l'esprit, dimension suprême de l'âme ».

Cette dernière notion, *yi-jing*, mérite d'être soulignée. Elle est devenue, en Chine, le critère le plus important pour juger de la valeur d'une œuvre poé-

tique ou picturale. Nous aurons à y revenir. D'après sa
définition, on voit qu'elle a trait aussi bien à l'esprit
qu'à l'âme. Ceux de l'artiste qui a créé l'œuvre, certes,
mais également ceux de l'univers vivant, un univers qui
se fait, qui se crée, que la langue désigne par le terme
Zao-wu « Création », voire *Zao-wu-zhe* « Créateur ».
D'une façon générale, on dit souvent que la pensée
chinoise n'a pas eu l'idée de la « Création », au sens
biblique de ce terme. Il est vrai que cette pensée n'a
pas été hantée par l'idée d'un Dieu personnel ; elle a,
en revanche, éminemment le sens de la provenance et
de l'engendrement, comme l'attestent les affirmations
de Laozi : « Ce qu'il y a provient de ce qu'il n'y a pas » ;
« Le Tao d'origine engendre l'Un, l'Un engendre le
Deux, le Deux engendre le Trois, le Trois engendre les
Dix mille êtres[1] ». Tout cela est proche certes de la
notion de démiurge, tout en ayant un contenu plus
complexe, plus subtil.

Depuis Zhuangzi – du IVe siècle av. J.-C., un des
pères fondateurs du taoïsme – qui a utilisé à deux
reprises ce mot *Zao-wu-zhe*, « Créateur », penseurs et
poètes, au long de l'histoire – Liu Zongyuan, Su Shi, Li
Qingzhao, Zhu Xi, Zheng Xie par exemple –, ont développé l'idée de *Zao-wu-you-yi* : « Créateur ou Création
est doué de désir, d'intention. » En sorte que le grand
théoricien Bu Yantu, du XVIIIe siècle, a pu affirmer de
façon lapidaire : « L'usage du *yi* est immense assuré-
ment ; il a présidé au Ciel et à la Terre. » Je rappelle ces
idées pour signifier que selon l'optique chinoise, une
œuvre créée, celle d'un individu, ou l'univers vivant en
tant qu'œuvre, procède certes de la forme, mais ô

---

1. Lao Tseu, *Tao te King*, Paris, Albin Michel, coll. « Spiritualités vivantes poche », 1984, § 1.

combien aussi du *yi*. C'est dans la mesure où le *yi*, dans une œuvre particulière, atteint son plus haut degré, jusqu'à résonner en harmonie avec le *yi* universel, que cette œuvre acquiert sa valeur de plénitude et de beauté. Le *yi-jing* en question, outre son sens d'« état supérieur de l'esprit, dimension suprême de l'âme », signifie alors « accord, entente, communion ».

Aux yeux d'un Chinois, la beauté d'une chose réside donc en son *yi*, cette essence invisible qui la meut. C'est le *yi* qui est sa saveur infinie, qui n'en finit pas de susciter parfum et résonance. Parlant d'une personne dont l'âme ne meurt pas et dont la présence demeure, on use de l'expression *liu-fang-bai-shi*, qui veut dire : « son parfum qui reste est impérissable ». Le parfum qui est à la jonction du corps et de l'âme devient ici le signe de l'âme même. Ainsi, pour revenir à la rose, c'est par le parfum qu'elle accède à l'infini de son être. Le parfum n'est plus un accessoire de la rose, il en est l'essence, en ce sens que son parfum lui permet de rejoindre la durée de la Voie, celle qui œuvre dans l'invisible.

Par ailleurs, l'imaginaire chinois conçoit le parfum et la résonance comme les deux attributs par excellence de l'invisible, tous deux procédant, nous l'avons dit, par ondes rythmiques. Ils sont associés par exemple dans l'expression « parfum de fleurs et chant d'oiseaux » pour évoquer une scène idyllique ; dans l'expression « parfum d'encens et bruit de gong », une atmosphère religieuse ou un état spirituel. Mais surtout, ces deux attributs sont combinés pour former un seul idéogramme, *xin* 馨, qui veut dire justement « parfum qui se répand au loin ; parfum impérissable ».

Cet idéogramme est composé de deux parties, il a pour partie supérieure le signe 殸, « pierre musicale », et pour partie inférieure le signe 香, « senteur ». Car il est rappelé au chapitre « Gan-ying » (« Résonance ») du *Huainanzi*, traité taoïste du début des Han, II⁰ siècle av. J.-C., que dans la haute antiquité, lorsqu'un dieu frappe la pierre musicale, il en émane une résonance qui va de proche en proche jusqu'au plus lointain, sans jamais disparaître. L'ensemble de cet idéogramme confirme : plus que fugitif effluve, le parfum est chant durable.

Presque tous les poètes de l'Occident ont célébré les fleurs, et beaucoup d'entre eux la rose. J'aurais pu citer Ronsard, Marceline Desbordes-Valmore et surtout Rilke. Mais écoutons Claudel, pour la simple raison que je suis en train de le lire, à l'occasion du cinquante-naire de sa mort. Écoutons tout d'abord ce passage où, à la lumière du Tao, c'est-à-dire de la « Voie de la vie ouverte », il parle de choses vivantes qui poussent à partir de l'obscurité du sol de la Création, comme nous venons de le faire en décrivant l'irrésistible désir de croissance de la rose. Dans *Connaissance de l'Est*, il dit :

« Qu'est-ce que le Tao ? [...] Au-dessous de toutes les formes, ce qui n'a pas de forme, ce qui voit sans yeux, ce qui guide sans savoir, l'ignorance qui est la suprême connaissance. Serait-il erroné d'appeler la *Mère* ce suc, cette saveur secrète des choses, ce goût de *Cause*, ce frisson d'authenticité, ce lait qui instruit de la *Source* ? Ah, nous sommes au milieu de la nature comme une portée de marcassins qui sucent une truie morte ! Que nous dit Lao Tzeu sinon de fermer les yeux et de mettre la bouche à la source même de la Création[1] ? »

---

1. Paul Claudel, *L'Oiseau noir dans le soleil levant*, in *Connais-sance de l'Est*, Paris, Gallimard, coll. « Poésie », 2000, p. 291.

Écoutons à présent ce passage du «Cantique de la Rose». «La rose, qu'est-ce que la rose? Ô rose! Eh quoi! Lorsque nous respirons cette odeur qui fait vivre les dieux, n'arriverons-nous qu'à ce petit cœur insubsistant qui, dès qu'on le saisit entre ses doigts, s'effeuille et fond, comme d'une chair sur elle-même, toute en son propre baiser, mille fois resserrée et repliée? Ah, je vous le dis, ce n'est point là toute la rose! C'est son odeur une fois respirée qui est éternelle! Non le parfum de la seule rose! C'est celui de toute la chose que Dieu a faite en son été! Aucune rose! mais cette parole parfaite en une circonstance ineffable, en qui toute chose enfin pour un moment à cette heure suprême est née! Ô paradis dans les ténèbres! C'est la réalité un instant pour nous qui éclôt sous ces voiles fragiles, et le profond délice à l'âme de toute chose que Dieu a faite! Quoi de plus mortel à exhaler pour un être périssable que cette éternelle essence, et pour une seconde, l'inépuisable odeur de la rose? Plus une chose meurt, plus elle arrive au bout d'elle-même, plus elle expire de ce mot qu'elle ne peut dire et de ce secret qui la tire! Ah, qu'au milieu de l'année cet instant de l'éternité est fragile, mais extrême et suspendu[1]!»

Claudel situe la rose dans le contexte du temps, plus précisément dans l'instant de l'éternité. Il met l'accent sur l'odeur de la rose qui est à la fois éphémère et «inépuisable». Le poète n'ignore sans doute pas l'explication scientifique sur l'utilité du parfum. Mais il s'émerveille de ce qu'une telle essence puisse exister. Celle-ci est ressentie comme la part invisible de la rose,

---

1. Voir Paul Claudel, *La Cantate à trois voix*, in *Cinq Grandes Odes*, Gallimard, coll. «Poésie», 1966, p. 137.

sa part supérieure, sa part d'âme, pour ainsi dire. Le parfum n'est pas limité par la forme, ni par un espace restreint. Il est en quelque sorte la transmutation de la rose en onde, en chant, dans la sphère de l'infini.

Disant cela, je me rappelle spontanément la phrase de Baudelaire : « Heureux celui qui plane sur la vie, et comprend sans effort le langage des fleurs et des choses muettes[1]. » En effet, ce parfum provoque chez celui qui sait le recevoir, ou l'entendre, un ravissement plus indicible ; il subsiste dans la mémoire du récepteur comme quelque chose de plus aérien, de plus quintessencié, de plus durable. Lors même que les pétales seraient flétris et tombés au sol, le parfum planerait là, dans la mémoire, rappelant que ces pétales, mêlés à l'humus, renaîtront sous la forme d'une autre rose, que, du visible à l'invisible, et de l'invisible au visible, l'ordre de la vie se poursuit par la voie de la transformation universelle.

Poursuivant l'idée de Claudel qui présente la rose comme l'incarnation de l'instant de l'éternité, je voudrais élargir cette idée et aborder la question du rapport qu'entretient la beauté avec le temps en général, et, implicitement, avec la mort. Disons d'abord que le contraire de l'ordre de la vie n'est pas la mort naturelle, laquelle, en tant que phénomène naturel justement, est partie intégrante de la vie. Pour que la vie soit vie qui implique croissance et renouvellement, la mort doit être un constituant inévitable, pour ne pas dire nécessaire. Et dans le processus du temps, comme nous

---

1. Voir Charles Baudelaire, « Élévation », in *Les Fleurs du mal*, Paris, Le Livre de Poche, 1972.

l'avons dit, c'est la perspective de la mort qui rend chaque instant et tous les instants uniques. La mort contribue à l'unicité de la vie. Si mal il y a, il réside dans les occurrences anormales, tragiques et dans ces utilisations dévoyées, perverties de la mort. Ces dernières, surtout, se situent hors de l'ordre de la vie; elles sont capables de détruire l'ordre de la vie même.

En somme, il convient de distinguer deux sortes de morts, ce que d'ailleurs a fait Laozi, le fondateur du taoïsme. Ce penseur de la Voie – la marche en avant de l'ordre de la vie – a affirmé dans une phrase sibylline : « Mourir sans périr, c'est la longue vie[1]. » Le caractère *si*, « mourir », et le caractère *wang*, « périr », signifient tous deux, dans le langage courant, « cessation de vivre ». Dans l'optique de Laozi, le caractère *si* prend le sens de « réintégrer la Voie ».

Qu'est-ce que la « longue vie » ? Il est indéniable que l'esprit humain rêve d'éternité. Il aspire à une éternité de beauté, bien entendu, et certainement pas à une éternité de malheur. Tout en sachant cependant que toute beauté est fragile, et par là éphémère. N'y a-t-il pas là contradiction ? La réponse dépend peut-être de la manière dont on conçoit l'éternité. Celle-ci serait-elle la plate répétition du même ? En ce cas, il ne s'agirait plus de vraie beauté, ni de vraie vie. Car, répétons-le : la vraie beauté est élan de l'Être vers la beauté et le renouvellement de cet élan ; la vraie vie est élan de l'Être vers la vie et le renouvellement de cet élan. Une bonne éternité ne saurait être faite que d'instants saillants où la vie jaillit vers son plein pouvoir d'extase.

Si cela est vrai, nous avons l'impression d'en connaître un bout, de cette éternité, puisque notre

---

1. Lao Tseu, *Tao te King, op. cit.*, § 33.

durée humaine est de même substance. N'est-elle pas faite également d'instants saillants où la vie s'élance vers l'Ouvert ? En ce cas, nous faisons déjà partie de l'éternité, nous sommes dans l'éternité ! D'aucuns trouveront peut-être cette vision par trop angélique ? Réservons-la alors aux âmes naïves !

En attendant, ce qui nous importe, c'est la durée humaine. À dessein nous utilisons le terme *durée* au lieu du mot *temps*. Alors que le temps évoque un écoulement mécanique, une suite implacable de pertes et d'oublis, la durée fait allusion à une continuité qualitative dans laquelle les choses vécues et rêvées forment un présent organique. Ce terme *durée*, je l'emprunte à Bergson, bien sûr. En simplifiant à l'extrême, au risque de la déformer, tentons de résumer la pensée du philosophe comme suit.

Si, au-dehors de nous, chacun subit la tyrannie de l'écoulement du temps, en sa conscience intime, grâce à la mémoire, les vécus, les imaginaires, mais également les éléments qui font partie de sa connaissance, constituent une durée organique qui transcende, si l'on peut dire, les coupures, les hiatus, les séparations dans le temps et dans l'espace. Les composantes de cette durée demeurent dans une « contemporanéité » se jouant de la chronologie et convergent toujours vers un présent. Un présent qui, de fait, ouvre toujours sur un passé et sur un futur. Cela, à l'image d'une mélodie qui n'est pas formée d'une simple addition de notes et dans laquelle chaque note découle de la précédente et colore la suivante. La durée opère aussi à l'intérieur d'elle-même. Par un processus continu, chaque composante se laisse marquer par d'autres, tout en imprimant sa marque sur les autres.

Si nous revenons au thème de la beauté, nous pouvons dire que dans la durée qui habite une conscience, la beauté attire la beauté, en ce sens qu'une expérience de beauté rappelle d'autres expériences de beauté précédemment vécues, et dans le même temps, appelle aussi d'autres expériences de beauté à venir. Plus l'expérience de beauté est intense, plus le caractère poignant de sa brièveté engendre le désir de renouveler l'expérience, sous une forme forcément autre, puisque toute expérience est unique. Autrement dit, dans la conscience en question, nostalgie et espérance confondues, chaque expérience de beauté rappelle un paradis perdu et appelle un paradis promis.

C'est ainsi que probablement il faut entendre le vers du poète John Keats : « *A thing of beauty is a joy for ever*[1] » (« Toute beauté est cause de joie pour toujours »). Car on prend conscience que la beauté peut être un don durable, si l'on se rappelle qu'elle est une promesse tenue dès l'origine. C'est pourquoi le désir de beauté ne se limite plus à un objet de beauté ; il aspire à rejoindre le désir originel de beauté qui a présidé à l'avènement de l'univers, à l'aventure de la vie. Chaque expérience de beauté, si brève dans le temps, tout en transcendant le temps, nous restitue chaque fois la fraîcheur du matin du monde.

---

1. John Keats, *Endymion*, livre I, v. 1, dans *The Poetical Works of John Keats*, Londres, 1884.

Troisième méditation

Jusqu'ici nous avons évoqué avant tout la beauté qui vient de la Nature. J'ai à dessein mis de côté celle qui a trait à l'humain. Non que l'humain ne fasse partie de la Nature, mais chez l'homme, la question se présente de manière autrement plus complexe. En schématisant beaucoup, je dirai qu'à mes yeux cette complexité vient d'abord du fait que l'être humain est constitué de niveaux multiples, et que, de plus, en raison d'un certain degré d'intelligence et de liberté dont il jouit, il est fort capable de faire un usage sophistiqué, pervers, de la beauté. Se sachant mortel, pressé par l'urgence, il est souvent cette bête féroce qui cherche par tous les moyens à assouvir ses instincts les plus immédiats.

Parmi les multiples niveaux qui constituent l'être humain, deux, au moins, sont reconnus par tous, à savoir le physique et le mental. Le second, régi par l'esprit, comporte sa part d'inconscient et de conscient, d'imaginaire et de rationnel, de psychique et de ce qu'on qualifiera de spirituel. Cette dernière part, le spirituel, est sans doute la plus controversée ; elle peut être prise pour un niveau en soi. À son propos, on sera amené à parler de l'âme. Il entre dans la constitution humaine tant d'éléments et d'interférences que, s'agissant de la beauté, nos idées sont des plus confuses. Point n'est aisée notre tentative de démêler les vraies beautés des fausses, ni de formuler des critères permettant de dégager les vraies valeurs.

Rassemblons les idées que nous avons déjà pu formuler : la beauté que nous avons en vue est celle qui relève de l'Être, qui jaillit de l'intérieur de l'Être comme élan vers la beauté, vers la plénitude de sa présence, cela dans le sens de la vie ouverte. Nous nous situons donc résolument au-delà de toute « beauté d'apparence », qui repose sur la seule combinaison de traits extérieurs, ou composée entièrement d'artifices, une beauté qu'on peut instrumentaliser afin d'amadouer, de tromper ou de dominer. Cette « beauté » qui relève de l'avoir, il est vrai qu'elle est omniprésente dans les sociétés vouées à la consommation. En soi, son existence se justifie ; son usage pernicieux la dénature. En définitive, on peut dire qu'une beauté artificielle, dégradée en valeur d'échange ou en pouvoir de conquête, n'atteint jamais l'état de communion et d'amour qui, en fin de compte, devrait être la raison d'exister de la beauté. Au contraire, elle signifie toujours un jeu de dupes, de destruction et de mort. La « laideur d'âme » qui la mine lui enlève toute chance de demeurer « belle » et d'entrer dans le sens de la vie ouverte.

Ici, une voix critique se fait entendre, une voix critique mais tout à fait nécessaire et constructive ; elle m'oblige à préciser davantage ma posture et ma démarche. En substance, cette voix critique me dit : « Tu parles de beauté faite d'apparences ou d'artifices, mais dans la nature, toute beauté est un leurre. Si telle fleur déploie ses pétales et exhale son parfum, c'est pour attirer les insectes qu'elle dévore. Si le papillon a les ailes bigarrées, c'est pour se camoufler ou se distinguer sexuellement. Si le paon fait la roue, c'est pour appâter la femelle ! »

À quoi je répondrai : ces beautés « intéressées » montrent du moins que la beauté a le don de susciter le désir et la quête. Quant à celles que j'ai citées pour illustrer la beauté de la Nature, elles sont désintéressées, la montagne élevée nimbée de brume, la source qui jaillit et qui s'élargit pour devenir fleuve…

La voix critique m'arrête : « La montagne que tu as tant aimée n'était à l'origine qu'un accident de terrain causé par le mouvement tellurique. L'Himalaya dont tu dis qu'il inspire une vénération sacrée résulte du choc terrible des continents à la dérive. »

À cette affirmation, ma réponse sera plus élaborée, au risque de paraître laborieuse : « Je vois la chose autrement. En bon Chinois, je crois au souffle, y compris à celui qui anime le mouvement tellurique. Et je sais gré au souffle du mouvement tellurique de s'être bien inspiré, de ne pas avoir laissé la surface de la terre plate et lisse comme une planche. Cela aurait été d'une monotonie terriblement ennuyeuse, d'une terrible "platitude", comme le dit si bien la langue française. Je lui sais gré donc d'avoir suscité cette chose merveilleuse qu'est la montagne qui porte haut la vie et où peuvent mieux s'échanger les souffles de la terre et ceux du ciel. Du sein de la montagne jaillit la source, laquelle, coulant vers le bas et s'élargissant, devient fleuve. Depuis lors, montagne et fleuve incarnent par excellence les deux principes vitaux Yang et Yin. Le fleuve coule, féconde les plaines fertiles ; il symbolise aussi l'écoulement du temps, apparemment en ligne droite et sans retour. Apparemment seulement, car le vrai temps, en réalité, est circulaire et non linéaire : l'eau du fleuve, tout en coulant, s'évapore à mesure ; ses vapeurs montent dans le ciel, se transforment en nuages et retombent en pluie sur la montagne pour réalimenter le fleuve à la source. Ainsi, au-dessus de l'écoulement "terre à terre" et en sens unique, s'effectue ce mouvement circulaire entre terre et ciel. La montagne lance son appel vers la mer, la mer répond à la montagne, il y a là une beauté dans cette loi de la vie… »

De nouveau la voix critique m'arrête dans mon élan trop lyrique : « Tout cela est bien beau, mais c'est une construction de l'esprit que l'homme fait après coup. » À cette remarque, donnons provisoirement la réponse suivante : notre tâche ne saurait se limiter à seulement expliquer comment la matière fonctionne. C'est là le propos de la science. Nous sommes là pour vivre, en tendant vers une vie toujours plus élevée, plus ouverte. L'homme n'est pas cet être en dehors de tout, qui bâtit son château de sable sur une plage déserte. Il est issu de l'aventure de la vie ; sa capacité à tendre vers l'esprit, sa faculté de penser, d'élaborer des idées font partie de l'aventure de la vie. Tout en ayant l'air d'être complètement perdus au sein de l'univers, nous pouvons supposer aussi que nous sommes la conscience éveillée et le cœur battant de la matière. L'univers pense en nous autant que nous pensons à lui ; nous pouvons être le regard et la parole de l'univers vivant, du moins ses interlocuteurs.

Oui, la précieuse parole. Pas seulement la grammaire qui permet à la langue de fonctionner, mais la parole vivante, la parole créatrice. Aucun mal à ce qu'il y ait des « vues de l'esprit », à condition qu'elles augmentent notre chance d'aller dans le sens d'une vie plus élevée. Si c'est le cas, accueillons-les. Si tel n'est pas le cas, abandonnons-les. Pour les faire naître, pour juger de leur valeur, une sincère recherche commune et une réelle intersubjectivité sont d'une importance capitale. C'est la raison même pour laquelle nous sommes ici.

Revenons à l'homme et à ses différents niveaux de constitution. D'abord à son niveau physique, pour dire que la beauté physique existe et que, habitée par le désir, elle est pleine de séduction. Dès lors, comment s'étonner qu'elle comporte sa part de leurre, incitée qu'elle est à éblouir ou à plaire ? C'est cependant par là que nous avons commencé, que nous avons acquis et affiné notre sens de la beauté, grâce à quoi nous sommes devenus des connaisseurs et des jouisseurs de la beauté. Mais au-delà de cette formation de base, nous avons élargi et élevé notre notion de la beauté. Car la beauté formelle, telle qu'elle se manifeste depuis l'organisation du corps humain jusqu'aux lois régissant le mouvement des corps célestes, nous fait pressentir une beauté presque éthique, en ce sens qu'elle laisse transparaître une exigence toujours maintenue, une promesse qui n'a jamais trahi. Et cette perspective éthique nous éveille à d'autres types de beauté, venus de l'esprit et de l'âme.

Mais restons-en, pour l'instant, au thème de la beauté physique. Partant de celle-ci, j'ai en vue aussi bien celle de l'homme que celle de la femme. Si toutefois nous sommes galants, et surtout si nous sommes chinois, accordons la prééminence à la beauté féminine qui est, comme on dit, la merveille des merveilles.

« Si nous sommes chinois », ai-je dit. Parce que les Chinois sont des adorateurs de la Nature et qu'ils affectionnent les métaphores. La poésie chinoise, par une pratique ininterrompue durant trois millénaires, a littéralement transformé tous les beaux éléments de la nature en métaphores. Celles-ci cristallisent en elles tout le sensoriel, tout le charnel de l'univers vivant. Si, aux yeux des poètes chinois, la femme apparaît comme un miracle de la Nature, c'est parce qu'ils ont vu en elle une sorte de « concentré » des beaux éléments de la Nature, et que bien des métaphores peuvent être, tout naturellement, appliquées à son corps. Lune, étoile, brise, nuage, source, onde, colline, vallée, perle, jade, fleur, fruit, rossignol, colombe, gazelle, panthère, telle courbe, tel méandre, telle sinuosité, telle anfractuosité, autant de signes d'un mystère sans fond.

L'art grec et l'art romain ont tous deux célébré la figure féminine. Mais c'est à la Renaissance qu'a explosé littéralement le désir occidental de montrer la femme en son éclat charnel : Lippi, Botticelli, Titien, Léonard, Raphaël…

Prenons la Joconde, qui recueille l'admiration universelle. Mais faisons auparavant une courte digression en évoquant une étape décisive dans la longue évolution du corps humain. On ne peut que le constater : entre Mona Lisa et la femme des cavernes, il y a comme un « saut qualitatif ». Pourtant, dans la femme des cavernes se trouvait déjà toute la promesse de la beauté de l'être humain. Car « se dresser » fut le moment inaugural d'une existence proprement humaine. Cette position debout a entraîné une triple libération. Elle a libéré les mains, ce qui a permis l'*homo faber*. Elle a libéré la glotte et la corde vocale, ce qui a permis à la voix humaine de devenir cet outil magique pour la parole et le chant, à l'homme de devenir cet être de langage et de pensée.

Enfin, elle a libéré le visage ; au lieu d'être une « gueule » tendue en avant au ras du sol comme celle de l'animal qui va d'erre en erre à la recherche de nourriture, le visage, désormais, fait partie d'une tête qui se pose paisiblement et noblement sur les épaules. Ce visage peut tourner, avec une aisance souveraine, son regard vers la hauteur et le lointain, échanger un sourire avec ses semblables, laisser affleurer sentiments et émotions qui viennent de la profondeur, qui s'élèvent vers le sommet et qui finissent par le modeler. Ayons la hardiesse d'affirmer que si tout visage de haine est laid, en revanche tout visage humain en sa bonté est beau. Le visage est ce trésor unique que chacun offre au monde. C'est bien en termes d'offrande, ou d'ouverture, qu'il convient de parler du visage. Car le mystère et la beauté d'un visage, en fin de compte, ne peuvent être appréhendés et révélés que par d'autres regards, ou par une lumière autre. À ce propos, admirons ce beau mot de *visage* en français. Il suggère un paysage qui se livre et se déploie, et, en lien avec ce déploiement, l'idée d'un vis-à-vis.

Revenons à Mona Lisa. Sa beauté ne se fonde pas sur la seule combinaison de traits extérieurs, mais elle est illuminée par un regard et un sourire, un sourire énigmatique qui semble vouloir dire quelque chose. Comme on aimerait entendre sa voix ! La voix même et ce que dit la voix font partie de la beauté d'une femme. Par la voix, la femme exprime ses sensations, mais aussi ses nostalgies, ses rêves, et cette part indicible qui cherche néanmoins à se dire. Le désir de dire se confond avec le désir de beauté ; le désir de dire ajoute au charme de la beauté. Une évidence alors nous saute aux yeux : la beauté de la femme ne résulte pas uniquement d'une évolution physiologique, elle est une conquête de l'esprit. Cette conquête nous révèle que la vraie beauté est conscience de la beauté et élan vers la beauté, qu'elle suscite l'amour et enrichit notre conception de l'amour.

L'esprit régit en l'homme sa faculté de raisonnement et de compréhension, et aussi sa part d'imaginaire et de pulsions. De l'esprit, nous enchaînons sans transition sur l'âme. Force est de constater que, concernant la beauté et l'amour, l'idée de l'âme court comme un fil d'or tout au long de l'imaginaire occidental, cela depuis Socrate et Platon, en passant par Plotin et saint Augustin, jusqu'aux poètes classiques et romantiques.

Lisons saint Augustin. Dans son *Sermon sur la providence*, après avoir loué cet équilibre miraculeux qu'est un corps humain, il écrit : « D'abord, que l'homme soit constitué d'une âme et d'un corps, et qu'il meuve par la substance invisible et supérieure à celle qui est visible et sujette – donc qu'il y ait une autorité naturelle, qui est l'âme souveraine, et une obéissance naturelle, qui est la chair soumise, voilà qui montre la beauté d'un ordre remarquable. Et dans l'âme même, que la raison (ou l'esprit), par l'excellence de sa nature, ait le plus de valeur et l'emporte sur toutes ses autres parties, n'y a-t-il pas là aussi un ordre qui se laisse remarquer ? Car personne n'est à ce point le jouet de ses désirs qu'il hésiterait sur sa réponse si on lui demande ce qui vaut mieux, de ce qui est emporté par les appétits irréfléchis ou de ce qui est dirigé par la raison et la réflexion. De ce fait, quiconque même vit sans prudence ni raison répond malgré tout à la question de la solution la meilleure, et même si ses actes ne l'ont pas corrigé, la question l'a certainement alerté. Aussi, même chez un homme qui a une conduite dépravée, la voix de l'ordre ne s'efface pas quand la nature accuse son vice[1]. »

J'aimerais citer maintenant Michel-Ange. Dans un sonnet, s'adressant à l'être aimé, il dit en substance ceci : « Je dois aimer en toi cette part que toi-même tu aimes ; c'est ton âme. Pour m'éprendre de ton âme, il me faut puiser non en mon corps seul, mais bien en

---

1. François Dolbeau, « Sermon inédit de saint Augustin sur la providence divine », in *Revue des études augustiniennes*, XLI (1995), p. 283.

mon âme [1]. » L'âme prend en charge le corps, sans être entravée par le corps, et l'âme s'éprend de l'âme. Sa nature propre est sa capacité à se relier à tout ; sa dimension est donc l'infini. C'est bien d'âme à âme, et non de corps à corps, qu'une communion totale peut s'accomplir. Tout se passe comme si le monde physique voulait nous initier et nous former à la beauté en montrant qu'elle *est* ; en nous signifiant en outre qu'elle est extensible et transformable, qu'à partir de la beauté formelle d'autres harmoniques, d'autres résonances, d'autres transfigurations sont possibles.

À la lumière de l'âme, il nous est bon de revenir un instant à Mona Lisa, à son regard et à son sourire. Il y a véritablement un mystère du regard. D'où vient la beauté d'un regard ? Tient-elle du seul aspect physique des yeux : paupières, cils, teinte de l'iris, etc. ? La beauté physique des yeux peut certainement y contribuer, dans la mesure où cette beauté est susceptible d'éveiller chez l'être qui en a été gratifié le sens de la beauté. Or, nous l'avons dit, la vraie beauté est justement conscience de la beauté et élan vers la beauté. Mais à cause de cela même, le regard est plus que les yeux. Toutes les langues n'émettent-elles pas l'idée que les yeux sont « la fenêtre de l'âme » ? La beauté du regard vient d'une lumière qui sourd de la profondeur de l'Être. Elle peut aussi venir d'une lumière venant de l'extérieur et qui l'éclaire, notamment lorsque le regard capte dans l'instant quelque chose de beau, ou qu'il rencontre un autre regard d'amour et de beauté.

Chacun a déjà vécu ce moment émouvant où, lors d'un spectacle ou d'un concert de haute qualité, tous

---

1. Voir Michel-Ange, *Sonnets*, Paris, Club français du livre, 1961.

les participants ont le visage transfiguré, tant il est vrai que la beauté attire la beauté, augmente la beauté, élève la beauté. Cela est conforme à ce que nous lisions encore chez saint Augustin : la beauté résulte, à ses yeux, de la rencontre de l'intériorité d'un être et de la splendeur du cosmos, laquelle, pour lui, est le signe de la gloire de Dieu. Cette rencontre supprime, en quelque sorte, la séparation de l'intérieur et l'extérieur.

Si la beauté du monde forme un paysage, l'âme d'un être est elle aussi paysage, ce que Verlaine exprime par le vers : « Votre âme est un paysage choisi[1]... » et que l'esthétique chinoise désigne par le terme « sentiment-paysage ». Le paysage de l'âme est fait de nostalgies et de rêves, de frayeurs et d'aspirations, de scènes vécues et de scènes pressenties.

Tournons alors notre regard, pour la troisième fois, vers la Joconde. N'y aurait-il pas une clé pour ouvrir l'énigme de son regard ? Ne serait-ce point ce paysage brumeux tout à la fois lointain et proche qui se profile derrière elle ? Ici, écoutons France Quéré qui, dans *Le Sel et le Vent*, écrit :

« Dans des formes de rocs et de lacs éclate l'étrange sonde d'un monde intérieur. [...] À hauteur des épaules [de Mona Lisa], commence un ocre paysage au relief accidenté que parcourent des efflorescences de rochers. À gauche, le sentier débouche sur les eaux grises d'un lac, striées par les ombres de rochers en surplomb. Ce sont des chevauchements de pierres, des crinières, de farouches encolures, des museaux difformes qui dressent au-dessus de l'onde le sursaut de leur colère pétrifiée. Une violence préhistorique

---

1. Voir Paul Verlaine, « Clair de lune », dans *Fêtes galantes*, 1869.

barre le regard... À droite, du côté où se lèvent les lèvres de la jeune femme, le sentier remonte le cours limoneux de la rivière, se faufile de gradin en gradin, parmi les éboulis de pierres, parvient enfin au rebord d'un second lac, élevé au-dessus du premier... C'est un autre monde, immatériel, immensément recueilli vers lequel le sourire et le mouvement des yeux subtilement nous font signe. Le lac d'altitude s'irise à peine de quelques lueurs. Mais les malédictions de l'ombre et de l'obstruction sont vaincues. D'autres rochers s'élèvent, ils n'enténèbrent ni ne ferment plus rien. Leur ombre dessine un cerne, suggère une transparence, laisse intact le miroir des eaux... Entre les deux rivages purifiés s'ouvre une brèche où l'eau et la lumière confondent leur or, et ensemble s'éloignent vers l'infini. Est-ce un dieu qui accueille l'homme voyageur ? Est-ce la joie d'une intelligence parvenue au faîte de sa méditation ? [...] Est-ce l'enfance retrouvée, embellie par les lointains du souvenir ? [...] Un rêve humain commence là, à hauteur des yeux et du front pur. Ses aubes sont plus belles encore que les collines de Florence aux premiers rayons du jour[1]. »

Compte tenu de ce paysage originel qui la porte, un paysage qui contient déjà la promesse de la beauté, la Joconde nous apparaît non plus comme le simple portrait d'une femme socialement située, mais comme la miraculeuse manifestation de cette beauté virtuelle que promet l'univers dès son origine. Son sourire et son regard sont alors le signe d'une intuitive prise de conscience, celle d'un don qui vient de très loin. Ils nous signifient surtout qu'une beauté authentiquement

1. France Quéré, *Le Sel et le Vent*, Paris, Bayard, 1995, p. 150-152.

incarnée n'est jamais beauté d'une simple figure isolée. Elle est transfiguration par la grâce de la rencontre d'une lumière intérieure et d'une autre lumière donnée là depuis toujours, mais tant de fois obscurcie. Transfiguration est à entendre ici comme ce qui se transforme de l'intérieur, et également comme ce qui transparaît dans l'espace de vie entre le fini et l'infini, entre le visible et l'invisible.

Avons-nous tout dit ? Une voix vient nous murmurer à l'oreille que pourtant l'âme pose problème, puisque d'aucuns nient tout simplement son existence ! Peut-être une définition de l'âme proposée par Jacques de Bourbon Busset pourrait-elle convenir à peu près à tout le monde. Usant d'une image musicale, il dit que l'âme est la « basse continue » de chaque être, cette musique rythmique, presque à l'unisson du battement de cœur, et que chacun porte en soi depuis sa naissance. Elle se situe à un niveau plus intime, plus profond que la conscience. Parfois en sourdine, parfois étouffée, jamais interrompue cependant, et à certains moments d'émotion, ou d'éveil, elle se fait entendre. Se faire entendre et résonner, c'est sa manière d'*être*. Résonner, voilà le mot juste. Résonner en soi, résonner à la « basse continue » d'un autre, résonner à la « basse continue » de l'univers vivant, c'est sa chance d'être immortelle. « Chanter, c'est être[1] », affirme Rilke. Existe-t-il pour l'âme une autre loi que celle-ci : « N'empêchez pas la musique[2] » ?

1. Rainer Maria Rilke, « Sonnets à Orphée », I, 3, in *Les Élégies de Duino*, suivies de *Les Sonnets à Orphée*, Paris, Le Seuil, coll. « Points-poésie », 2006.

2. Voir Le Siracide (L'Ecclésiastique), XXXII, 5.

Cette primauté accordée à l'âme nous fait penser à l'amour courtois célébré par les troubadours et un peu plus tard par Dante et Pétrarque. Cette expérience presque mystique vécue en Occident – comme elle a existé dans les cultures arabe et chinoise – paraît cependant suspecte à certaines féministes modernes. Elles y voient une « ruse » de la part des hommes qui mettaient la femme sur un piédestal pour mieux la circonscrire, la figer dans une image, donc la dominer. Je ne crois pas à un tel génie « machiavélique » des trouvères et troubadours. Leur adoration n'était pas fabriquée, elle venait d'une pulsion authentique et irrépressible.

Une chose mérite toutefois d'être soulignée. Les tenants de l'amour courtois font montre d'une telle ardeur, d'un tel respect que ce qu'ils adorent, plus que la femme en tant qu'être vulnérable et mortel, est ce don venu de très loin dont la femme est, tout particulièrement, dépositaire, un don de beauté qui est comme une grâce divine.

Prononçant ces mots de don et de grâce, je sais que le moment est venu de réfléchir sur le lien qui peut exister entre la beauté et la bonté. Parce que, originaire de Chine, je suis aussi habité par ma langue maternelle. Cet héritage nous livre l'expression *tiansheng-li-zhi* qui veut dire « la beauté de la femme est un don du ciel ». Par ailleurs, pour désigner le bon, la bonté, l'idéogramme *hao* est graphiquement composé du signe femme et du signe enfant. Et surtout, pour désigner une beauté qui s'offre à notre vue, la langue dit *hao-kan*, qui veut dire « bon à voir ». Bercé par cette langue, un Chinois a tendance à associer d'instinct beauté et bonté. Pourquoi ne pas alors signaler qu'en français aussi, phoniquement, il existe un lien intime entre beauté et bonté ? Ces deux mots viennent du latin *bellus* et *bonus*, lesquels dérivent de fait d'une racine indo-européenne commune : *dwenos*. Je n'oublie pas non plus qu'en grec ancien, un même terme, *kalosagathos*, contient et l'idée de beau (*kalos*) et l'idée de bon (*agathos*). Mais avant tout, au sujet de la relation foncière qui unit beauté et bonté, je voudrais citer un passage de *La Pensée et le Mouvant* d'Henri Bergson. Ce passage nous frappe par sa simplicité décisive : « C'est la grâce qui se lit à travers la beauté et c'est la bonté qui transparaît sous la grâce. Car la bonté, c'est la générosité infinie d'un principe (de vie) qui se donne. Ces deux sens du mot grâce n'en font qu'un[1]. »

Si nous voulons remonter jusqu'à la source de Bergson, nous pouvons encore nous référer à Plotin qui, à la suite de Platon, distingue trois étapes de la montée de l'âme vers le Bien : l'âme commence par reconnaître la beauté des choses sensibles ; elle s'élève alors vers le monde des formes-esprit et elle cherche l'origine de leur beauté ; enfin elle cherche à atteindre le Bien qui est beauté Sans-Forme au-dessus de la beauté formelle[2]. Précisons qu'aux yeux de Plotin, la beauté est liée à l'amour. Celui-ci fait partie de la beauté et en constitue l'état suprême, puisque au-delà de toutes les formes que la beauté anime, ce que cet amour désire est la lumière invisible, source de la beauté visible. C'est en ce sens qu'on peut entendre la phrase de Proust : « La beauté ne doit pas être aimée

1. Henri Bergson, *La Pensée et le Mouvant. Essais et conférences*, Paris, Presses universitaires de France, coll. « Quadrige-Grands textes », 2003, p. 280.

2. Voir Plotin, « Traité 38 : Comment la multiplicité des idées s'est établie et sur le Bien », in *Traités 38-41*, Paris, Garnier-Flammarion, 2007.

pour elle-même : car elle est le fruit de la collaboration entre l'amour des choses et la pensée religieuse. »

Je viens d'invoquer de grands penseurs. Quant à mon sentiment personnel, il me paraît évident que la bonté est belle. Posons simplement cette question : est-il un geste de bonté qui ne soit pas beau ? La réponse est pour ainsi dire toute donnée, puisqu'en français on dit : « un beau geste », et qu'en chinois on dit : « une belle vertu ».

L'inverse est-il vrai ? Au premier abord, la chose peut sembler moins évidente. La beauté, au sens courant, n'est pas forcément bonne ; on parle même de « beauté du diable ». Mais n'oublions pas notre critère de base : est vraie beauté celle qui relève de l'Être, qui se meut dans le sens de la vie ouverte. La beauté du diable, elle, fondée sur la tromperie, jouant le jeu de la destruction et de la mort, est la laideur même. Nous avons insisté sur ce point dès le début de nos méditations. Une vraie beauté dépasse l'apparence, ce qu'explicite encore la phrase de Plotin : « Il n'y a pas de beauté plus réelle que la sagesse que l'on voit en quelqu'un. On l'aime sans égard à son visage qui peut être laid [selon le sens commun]. On laisse là toute son apparence extérieure, et l'on recherche sa beauté intérieure [qui illumine][1]. »

Toutes les beautés n'atteignent certes pas la sagesse parfaite, mais toute vraie beauté relève de cette essence, et tend vers la suprême harmonie, une notion qui a l'approbation de tous les sages depuis l'Antiquité. Par harmonie, je n'entends pas seulement ce qui

---

1. *Ibid.*, p. 78 *sqq.*

se montre dans l'agencement de traits qui composent « objectivement » une présence de beauté. L'harmonie signifie surtout, selon moi, que la présence de la beauté répand l'harmonie autour d'elle, favorisant partage et communion, dispensant une lumière de bienfaisance, ce qui est la définition même de la bonté. Il n'est pas exagéré de dire que bonté et beauté forment les deux faces d'une entité organique et opérante. Quelle différence entre elles alors ? Osons une formule :

La bonté est garante de la qualité de la beauté ;
La beauté irradie la bonté et la rend désirable.

Quand l'authenticité de la beauté est garantie par la bonté, on est dans l'état suprême de la vérité, celle qui va, répétons-le, dans le sens de la vie ouverte, celle à laquelle on aspire comme à une chose qui se justifie en soi. Ce qui se justifie en soi dans l'ordre de la vie est bien la beauté qui, s'élevant vers l'état de joie et de liberté, permet à la bonté même de dépasser la simple notion de devoir. La beauté est la noblesse du bien, le plaisir du bien, la jouissance du bien, le rayonnement même du bien.

Force nous est de reconnaître cependant que, par on ne sait quelle aberration, la bonté, de nos jours, n'est pas prisée. Mal comprise, elle est réduite à quelque chose qui gêne par son aspect « bonasse » ou « fadasse ». Étant donné notre condition de « damnés de la terre », habités que nous sommes par la souffrance, la frayeur, la grisaille de la laideur quotidienne et les désirs constamment dévoyés, nous préférons exalter, concernant la beauté, ce qu'il y a de plus pervers, de plus dramatique. Le pessimisme, voire le cynisme, a alors le beau rôle ; ils flattent plus efficacement nos besoins de dérision et de révolte. Pourtant, il faut avoir le courage de revenir à la bonté, la vraie. Je pense ici à l'impétueux et farouche Beethoven. Parlant de son œuvre et de la création artistique en général, il était assez humble et lucide pour dire : « Le véritable artiste n'a pas d'orgueil… Tandis que d'autres, peut-être, l'admirent, il déplore de n'être pas encore arrivé là-bas où un génie meilleur brille pour lui comme un soleil lointain. Je ne reconnais en aucun homme d'autre signe de supériorité que la *bonté*. Là où je la trouve, là est mon foyer[1]. »

La bonté qui nourrit la beauté ne saurait être identifiée à quelques bons sentiments plus ou moins naïfs. Elle est l'exigence même, exigence de justice, de dignité, de générosité, de responsabilité, d'élévation vers la passion spirituelle. La vie humaine étant semée d'épreuves, rongée par le mal, la générosité exige des engagements de plus en plus profonds ; du coup, elle approfondit aussi sa propre nature et engendre des vertus variées telles que sympathie, empathie, solidarité, compassion, commisération, miséricorde. Toutes ces vertus impliquent un don de soi, et le don de soi a le don de nous rappeler, encore une fois, que l'avènement de l'univers et de la vie est un immense don. Ce don qui tient sa promesse et qui ne trahit pas est en soi une éthique.

Lorsque, chez quelqu'un, ce don de soi va jusqu'au don de sa vie, cela en vue de maintenir intègre le principe de vie ou de sauver d'autres vies, ce don-là brille d'une étrange beauté. Il signifie un suprême sens de la justice, et l'acte qu'il inspire traduit un courage plein de noblesse et de grandeur. La plus belle vertu aux

---

1. Emerich Kastner (éd.), *Ludwig van Beethovens sämtliche Briefe* (Correspondance complète de Ludwig van Beethoven), Leipzig, 1923, p. 224.

yeux des confucéens est d'être « prêt à mourir pour que soit sauf le *ren* (amour humain, vertu d'humanité) ». Cet idéal est partagé par toutes les grandes religions. On pense à ceux qui ont dû, à des degrés divers, affronter le mal au nom de la paix ou de l'amour ; on pense – quelle que soit notre conviction ou croyance – au Christ qui, afin de montrer que l'amour absolu est possible et qu'aucun mal ne peut l'atteindre, a accepté librement de mourir sur la croix. Ce fut là sans doute un des plus « beaux gestes » que l'humanité ait connus.

Sur un autre registre, nous pensons aussi à tous ceux qui, innocents, subissent de terribles épreuves, morales ou physiques. Pour peu qu'à travers douleurs et souffrances ils gardent cette part de lumière qui sourd de l'âme humaine, et nous voilà saisis par cette lueur de beauté qui transparaît dans le visage émacié, délaissé. Oui, la beauté ne saurait jamais nous faire oublier notre condition tragique. Il y a une beauté proprement humaine, ce feu d'esprit qui brûle, s'il brûle, au-delà du tragique.

Tous les humains ne sont pas amenés à traverser les épreuves dont je viens de parler. Mais tous peuvent prendre part à cette grandeur née de la dignité intérieure de l'être qui fait face au terrible, au nom de la vie. C'est probablement pourquoi, dans l'art occidental, les tableaux représentant la Pietà comptent parmi ses plus grands chefs-d'œuvre. Prenons la Pietà d'Avignon du Louvre, l'une des plus impressionnantes. Ce tableau, peint par Enguerrand Quarton en 1455, est la première grande manifestation en France de la peinture de chevalet. L'artiste, ne s'embarrassant ni de tradition d'école ni de préciosité technique, y a mis toute la force de son âme. Le tableau, tout en largeur, a la dimension d'un triptyque, mais il est d'une pièce. Le cadavre du Crucifié s'étale à l'horizontale le long du tableau, un corps raidi et cassé, les jambes affaissées, le bras droit à l'abandon avec, au bout, une main aux doigts rétractés. Autour du cadavre sont disposés trois personnages. Du côté gauche, Jean se penche en avant vers la tête du Christ, tandis que ses deux mains, d'un geste de dévotion qui reflète un amour filial sans bornes, cherchent à arracher les épines enfoncées dans le crâne du supplicié. Du côté des pieds du Christ, à droite donc, voilà Marie Madeleine. Elle aussi s'incline en avant, sa main gauche tenant un flacon de parfum. Sa robe rouge sang couvre le cadavre jusqu'à mi-corps (comme du sang qui reflue). Le pan de la doublure retournée avec lequel elle essuie ses larmes est de couleur jaune ; il fait écho aux rayons jaune or qui émanent de la tête du Christ. Du visage pâle de la femme, on voit la joue encore enfiévrée de passion et les lèvres entrouvertes comme si elle continuait à appeler l'homme, à lui souffler les mots d'amour jamais prononcés, jamais interrompus. Au milieu du tableau se tient la Vierge. C'est sur ses genoux qu'est posé le corps de son fils. Elle est vêtue d'une robe couleur de la nuit obscure, qui souligne plus violemment le teint livide de sa face aux yeux clos, à la bouche fermée. On croit entendre son cri muet de chagrin mêlé de stupéfaction. Buste dressé, elle est la seule figure verticale du tableau, tandis que les deux autres sont en position horizontale ou oblique. Ainsi dressée, elle semble attendre, au cœur même de sa douleur, une réponse venue d'en haut.

Notre regard revient et se fixe à nouveau sur le corps décharné du Christ qui structure tout le tableau, qui en forme pour ainsi dire l'ossature, et presque, paradoxalement, la ligne de force. Nous voyons que c'est lui qui réunit et unit les vivants, les entraînant dans un mouvement de convergence et de partage. C'est lui qui, ayant provoqué les larmes de désespoir de tous, semble seul capable maintenant de sécher ces larmes. Ce corps terriblement raidi et arc-bouté devient tout d'un coup l'expression d'une noble intransigeance, car il rappelle la terrible résolution que le maître de ce corps a prise avant de mourir : celle de prouver que l'amour absolu peut exister et qu'aucun mal ne peut l'altérer ni le souiller.

Quelque chose alors se met à animer tout le tableau : un souffle ténu, d'un autre ordre, sort par les plaies aux filets de sang séché. Une force s'impose à nos yeux : ce corps étendu là est le résultat d'un « beau geste », celui qui a suscité tous les autres gestes, ceux de Jean, de Marie Madeleine et de Marie. Il a fallu que ce corps soit réduit à presque rien, dénudé par un dénuement total, épuré de toutes scories et pesanteurs, pour pouvoir redevenir le consolateur. Lui seul est capable maintenant de consoler ; c'est sa manière de triompher de la mort.

La beauté comme rédemption, est-ce là le véritable sens de la phrase de Dostoïevski : « La beauté sauvera le monde » ? À cette phrase répondent celles d'un contemporain, Romain Gary : « Je ne crois pas qu'il y ait une éthique digne de l'homme qui soit autre chose qu'une esthétique assumée de la vie, cela jusqu'au sacrifice de la vie même », « Il faut racheter le monde par la beauté : beauté du geste, de l'innocence, du sacrifice, de l'idéal ».

Quatrième méditation

Jusqu'ici, j'ai mené une réflexion personnelle, en m'appuyant, de temps à autre, sur les dires de tel ou tel penseur. Plus tard, nous aborderons la question de la création artistique et celle de la possibilité d'établir des critères de valeur. Pour cela, j'aurai à solliciter plus systématiquement les deux grandes traditions de la pensée esthétique, l'occidentale et la chinoise, que je connais plus ou moins. Pour l'heure, tentons d'avancer dans notre investigation sur le beau, à l'aide de ceux, théoriciens ou praticiens de différentes cultures ou spiritualités, qui ont célébré la beauté. Inévitablement, c'est avant tout du côté de l'Occident et de la Chine que je puiserai références et thèmes de méditation, sans exclure pour autant un détour par l'islam.

Commençons, comme il se doit, par Platon. Dans *Le Banquet*, il montre comment Éros, l'Amour, suit un mouvement dialectique qui, du sensible, s'élève vers l'intelligible : de l'amour physique, dont l'objet est la beauté des corps, en passant par l'amour moral, dont l'objet est la beauté de l'âme, jusqu'au dernier terme : la contemplation de la beauté absolue. Par la suite, au cours de l'histoire de l'Occident, ceux qui accordent la primauté à la beauté se réclament surtout de la pensée de celui qui affirme que « la beauté est la lumière des Idées », ou encore, que « la beauté est la splendeur du vrai ».

Héritier de Platon, Plotin a exalté le beau, en tant que manifestation du Divin. L'avènement du christianisme est déjà là. Dans cette lignée s'inscrivent également un saint Augustin, un Dante, un Pétrarque. La fiévreuse création artistique de la Renaissance, véritable implosion d'un désir longtemps comprimé, était en soi un triomphe de la beauté. À l'âge classique, le beau était certainement à l'honneur ; il était soumis à l'exigence du vrai. « Rien n'est beau que le vrai[1] », a pu dire Boileau. Les Romantiques ont cherché à inverser cet ordre. Ils ont exprimé leur aspiration à la beauté, leur conviction que la vérité est liée à la beauté, pour ne pas dire que la vérité suprême n'est autre que la beauté.

Écoutons d'abord Alfred de Musset :

Or la beauté, c'est tout. Platon l'a dit lui-même :
La beauté, sur la terre, est la chose suprême.
C'est pour nous la montrer qu'est faite la clarté.
Rien n'est beau que le vrai, dit un vers respecté ;
Et moi, je lui réponds sans crainte d'un blasphème :
Rien n'est vrai que le beau ; rien n'est vrai sans
　　beauté.[2]

Comme pour lui faire écho, voici les deux vers célèbres de John Keats, ce poète qui a dit que « la terre est une vallée où poussent les âmes[3] » :

---

1. Nicolas Boileau, « Épistre IX », in *Œuvres complètes*, Paris, Gallimard, coll. « La Pléiade », 1966, p. 134.

2. Alfred de Musset, *Premières Poésies – Poésies nouvelles*, Paris, Gallimard, coll. « Poésie », 1976, p. 386.

3. Voir Grant F. Scott (éd.), *Selected Letters of John Keats*, Cambridge (Mass.)-Londres, Harvard University Press, 2002, p. 290.

Beauté, c'est vérité ; et vérité beauté.
Tout ce qu'on sait sur terre ; il faut qu'on le sache[1].

Du côté des Allemands, nous aurions pu citer Schiller ou Novalis. Mais retenons l'injonction de Hölderlin : « Il faut habiter poétiquement la terre[2]. » Le poète voue une immense confiance au pouvoir du langage poétique. Il est convaincu que grâce à lui l'homme peut accomplir la tâche que la beauté lui assigne.

Toutes ces pensées traduisent une aspiration et une conviction profondes. Elles tendent à forger une manière d'être fondamentale. Toutefois, faute d'un travail approfondi pour définir ce qu'est la vraie beauté, elles se révèlent non opérantes. Nous n'ignorons pas cependant les avancées théoriques d'un Fichte, d'un Schelling, leurs contemporains, que nous évoquerons lors de la prochaine méditation. Toujours est-il que peu après les Romantiques et bien avant que Nietzsche ait proclamé la mort de Dieu, déjà, Baudelaire, qui a inauguré selon nous l'ère moderne, a introduit dans son œuvre l'angoisse de l'homme déraciné perdu dans la Grande Ville, hanté qu'il est par la conscience de la laideur et la fascination du mal.

Si nous nous tournons vers la Chine, nous voyons que les fondateurs des deux courants de pensée majeurs ont d'emblée mis en avant les vertus de la beauté. Zhuangzi, un des « pères du taoïsme », au IVe siècle

---

1. John Keats, « Ode à une urne grecque », in *Les Odes*, Paris, Arfuyen, 1996.
2. Friedrich Hölderlin : « En bleu adorable… », in *Poèmes de Hölderlin traduits par André du Bouchet*, Paris, Mercure de France, 1963, p. 44.

avant notre ère, fait remarquer qu'« entre Ciel et Terre
il y a grande beauté », et que « la nature a le pouvoir de
transmuter le flétri et le pourri en merveilles ». Le *zhen-
ren*, « l'homme véritable » qu'il propose, est celui qui,
purifié de l'intérieur, est capable d'entrer en communion totale avec la sphère infinie de l'univers, en y effec-
tuant le *shen-you* ou « randonnée spirituelle ».

Confucius est plus préoccupé de l'homme en
société. Sa démarche est avant tout éthique. Mais pour
mettre en pratique le *ren*, « vertu d'humanité », il
prône le *li*, « rituel », et le *yue*, « musique et poésie ».
Le *li* favorise la relation adéquate, la distance juste,
ainsi que la beauté du maintien et des gestes. Le *yue*
favorise, lui, le sens de la mesure et l'harmonie. Par
ailleurs, le maître rêve de rendre les vertus aussi attrac-
tives que le désir charnel. Pour cela, il fait appel aux
éléments de la nature qui sont à la fois figures de beauté
et symboles de certaines vertus. On connaît de lui des
phrases telles que : « L'homme d'intelligence affec-
tionne les cours d'eau, l'homme de cœur se plaît à la
montagne », ou encore : « Dans la rigueur de l'hiver on
apprécie la vigueur des pins qui demeurent verts[1] ».

Par la suite, dans les textes et les peintures des
lettrés, on célèbre le bambou pour sa droiture et son
élévation, le prunus pour être capable de fleurir en
pleine neige, l'orchidée et le lotus parce qu'ils main-
tiennent la pureté de leur éclat au-dessus de la boue,
etc. Par-delà ces liens intimes entre l'homme et le
monde, où le bien et le beau sont unis, il faut signaler
la triade confucéenne : Ciel-Terre-Homme. Dans cette
relation à trois, l'homme représente comme un chaî-

---

1. *Les Entretiens de Confucius*, Paris, Gallimard, coll. « Folio »,
2005, VI, 23, p. 37, et IX, 28, p. 54.

non indispensable. Pour l'homme confucéen, si la Voie humaine doit procéder du Ciel et de la Terre, Ciel et Terre ont aussi besoin que l'Homme accomplisse sa Voie dans la dignité.

Il se peut que les confucéens aient trop fait confiance à la nature humaine : ils ont beaucoup raisonné en termes de bien et de mal, mais ils n'ont pas envisagé une question fondamentale, celle du mal radical. Dans leur conception de la relation humaine, ils ont beaucoup mis l'accent sur les devoirs, mais ils ont omis de réfléchir sur le problème du droit, du droit qui protège l'individu en tant que sujet dans toute la liberté de sa conscience. Néanmoins, cet effort de la part des meilleurs confucéens pour répondre à l'appel de la vérité par l'union du bien et du beau reste une posture digne de notre attention.

Ici, je voudrais revenir sur les trois Idées platoniciennes – le Vrai, le Bien, le Beau – d'où nous étions partis. J'estime qu'il est temps de ne plus les séparer en trois rubriques mais de les réunir. Car le vrai ou la vérité, dans son acception présente, recouvre de fait tout le réel. La vérité ne concerne donc plus seulement les grandes lois de la vie permettant à celle-ci de fonctionner harmonieusement selon le principe vital ; elle a trait aussi à toutes les formes de déviation et de perversion, lesquelles prennent une ampleur extraordinaire à notre époque et assaillent notre conscience. Et le problème du mal radical – celui qui est capable de détruire l'ordre de la vie même – demeure le butoir incontournable dans notre tentative d'établir des valeurs. Pour que ce butoir ne soit pas notre unique horizon, qu'il ne bouche pas notre vue au point de l'empêcher d'accéder à la vision plus globale d'un univers vivant qui est un don total, ayons le courage de mettre, dans l'échelle du vrai, à la place suprême, le beau fondé sur le bien, tel que nous l'avons défini lors de la précédente méditation. À la place suprême, le beau en question représente la valeur absolue grâce à quoi les autres valeurs intermédiaires peuvent s'établir. Je n'use guère du mot « amour », parce que le principe d'amour est contenu dans le principe de beauté, que l'amour découle naturellement de la beauté, et que celle-ci manifeste en outre ce qui advient de l'amour : communion, célébration, transfiguration.

Ajoutons aussitôt que cette beauté, en tant que valeur absolue, n'est nullement un astre inaccessible suspendu dans un ciel idéal. Elle est à portée de l'humain, mais se situe bien, nous l'avons dit, au-delà d'un quelconque état de délectation et de « bons sentiments ». Elle comporte la prise en charge de la douleur du monde, l'extrême exigence de dignité, de compassion et de sens de la justice, ainsi que la totale ouverture à la résonance universelle. Cette exigence et cette ouverture impliquent, de la part de celui qui cherche, un effort à creuser en lui sa capacité à la réceptivité et à l'accueil, au point de devenir le « ravin du monde », de se laisser brûler par une intense lumière. Cette lumière est seule apte à faire tomber les oripeaux qui lui encombrent corps et esprit ; elle est la condition nécessaire à l'advenir d'une authentique ouverture.

La démarche que je viens de décrire n'est autre en réalité que la voie même du *Chan* (Zen). Cette voie affirme la valeur de notre existence ici et maintenant, donc la valeur d'un regard lucide. Dans le même temps, elle exige de la part du sujet le renouvellement permanent d'un dépouillement résolu, cela jusqu'à un état de non-voir, ou de non-être. Elle exige de regarder le monde objectif en face, non selon son apparence, mais comme à la racine, en sorte que l'objet naît et croît véritablement dans le for intérieur du sujet, et que, par un retournement, le moi du sujet participe au devenir universel. Nous retrouvons les trois étapes du maître Qingdeng des Song : voir la montagne, ne plus voir la montagne, revoir la montagne. Ou encore les quatre étapes du maître Linji des Tang : avoir l'objet en face de soi, ne plus voir l'objet, oubli de soi, objet et soi co-naissants.

Cette idée de co-naissance – que Claudel a formulée à sa manière – rejoint l'expérience du penseur occidental Henri Maldiney : « Parfois au réveil dans la clarté indécise d'un pan d'espace, où disparaissent tous les signes de reconnaissance, je ne perçois ni des choses ni des images. Je ne suis pas le sujet d'impressions pures, ni le spectateur indifférent d'objets qui me font face. Je suis co-naissant avec le monde qui se lève en lui-même et se fait jour à mon propre jour, lequel ne se lève qu'avec lui[1]. »

Cette voie d'éveil qui a inspiré les plus beaux poèmes de Chine est une disposition de base pour affronter le défi de la beauté telle que nous l'entendons. Et les éléments qui composent cette voie sont : don, accueil, dépassement de l'apparence par l'habitation de la présence plénière de l'autre, ouverture à la résonance universelle.

Le bouddhisme *Chan* me fait penser, comme irrésistiblement, à une autre voie, celle d'Orphée, que le christianisme enrichira plus tard. La raison première de cette réminiscence réside peut-être dans le fait que, du côté du bouddhisme, il existe aussi la légende de

---

1. Henri Maldiney, *L'Avènement de l'œuvre*, Saint-Maximin, Théétète, 1997.

Mu Lian qui se rend en Enfer pour sauver sa
mère. Plus en profondeur, malgré une différence de
degré, les deux voies participent d'un même esprit.
Orphée aussi a compris qu'il lui faut « mourir à soi »
pour que sa voie atteigne la vraie dimension de l'âme
et résonne au cœur du Double Royaume de la vie et
de la mort (Dante, même au Paradis, connaît l'état de
rester aveugle – chant XXV – ou d'être dans le non-
voir – chant XXX).

Répétons cependant que les deux voies demeurent
des dispositions de base. Quant à la nature profonde
de la vraie beauté, il nous faut aller plus avant dans
l'observation de son mode d'être et du rapport
complexe que nous entretenons avec elle. Une fois de
plus, nous tournons notre regard vers l'expérience chinoise, afin de puiser, dans cette expérience autre, de
quoi alimenter notre réflexion.

La culture chinoise, par sa durée, a véhiculé beaucoup d'avatars et d'éléments sclérosés qu'il ne faut pas
hésiter à mettre de côté. Sa meilleure part réside en
une certaine conception et une certaine pratique de la
vie, et également une certaine expérience de la beauté.
Cette part-là, aucun Chinois n'est prêt à l'abandonner,
qu'il reste confucéen ou taoïste, qu'il devienne boud-
dhiste, musulman ou même marxiste. Il vaut la peine
de s'y pencher un peu.

La cosmologie chinoise est fondée sur l'idée du
Souffle, à la fois matière et esprit. À partir de cette
idée du Souffle, les premiers penseurs ont avancé une
conception unitaire et organique de l'univers vivant où
tout se relie et se tient. Le Souffle primordial assurant
l'unité originelle continue à animer tous les êtres, les

reliant en un gigantesque réseau d'entrecroisements et d'engendrement appelé le Tao, la Voie.

Au sein de la Voie, la nature du Souffle et son rythme sont ternaires, en ce sens que le Souffle primordial se divise en trois types de souffles qui agissent concomitamment : le souffle Yin, le souffle Yang et le souffle du Vide médian. Entre le Yang, puissance active, et le Yin, douceur réceptive, le souffle du Vide médian – qui tire son pouvoir du Vide originel – a le don de les entraîner dans l'interaction positive, cela en vue d'une transformation mutuelle, bénéfique pour l'un et pour l'autre.

Dans cette optique, ce qui se passe entre les entités vivantes est aussi important que les entités mêmes. (Cette intuition si ancienne rejoint la pensée d'un philosophe du XXᵉ siècle : Martin Buber.) Le Vide prend ici un sens positif, parce qu'il est lié au Souffle ; le Vide est le lieu où circule et se régénère le Souffle. Tous les vivants sont habités par ces Souffles ; chacun est cependant marqué par un pôle plus déterminant du Yin ou du Yang. Citons, comme exemples, les grandes entités formant couples : Soleil-Lune, Ciel-Terre, Montagne-Eau, Masculin-Féminin, etc. En correspondance avec cette vision taoïste, la pensée confucéenne, comme nous l'avons vu plus haut, est elle aussi ternaire. La triade Ciel-Terre-Homme affirme le rôle spirituel que l'homme doit jouer au sein du cosmos.

Cette conception cosmologique fondée sur le Souffle-Esprit entraîne notamment trois conséquences concernant notre manière d'appréhender le mouvement de la vie.

Première conséquence : à cause de la nature dynamique du Tao, et surtout de l'action du Souffle qui assure, depuis l'origine, et de façon continue, le processus qui va du non-être vers l'être – ou plus précisément, en chinois, du *wu* « il n'y a pas » vers le *you* « il y a » –, le mouvement de la vie et notre participation à ce mouvement sont toujours un permanent et mutuel jaillissement, comme au commencement. Autrement dit, le mouvement de la vie est perçu à chaque instant plutôt comme un avènement ou un « rebondissement » que comme une plate répétition du même. Pour illustrer cette forme de compréhension, nous pouvons citer comme exemples deux pratiques qui ont traversé le temps et qui demeurent vivaces : le *taijiquan* et la calligraphie.

Deuxième conséquence : le mouvement de la vie est pris dans un réseau de constants échanges et d'entre-croisements. On peut parler là d'une interaction généralisée. Chaque vie est reliée, même à son insu, aux autres vies ; et chaque vie, en tant que microcosme, est reliée au macrocosme dont la marche n'est autre que le Tao.

Troisième conséquence : au sein de la marche du Tao qui est tout sauf une répétition du même, l'interaction a pour effet la transformation. Plus exactement, dans l'interaction du Yin et du Yang, le Vide médian, drainant la meilleure part des deux, les entraîne dans la transformation mutuelle, bénéfique pour l'un comme pour l'autre. Signalons que le Vide médian agit dans le temps aussi. Si le fleuve est l'image du temps qui s'écoule sans retour, la pensée chinoise perçoit que l'eau du fleuve, tout en coulant, s'évapore, monte dans le ciel pour devenir nuage, retombe en pluie pour réalimenter le fleuve à la source. Ce mouvement circulaire mû par le Vide médian est bien celui du renouvellement.

Transposés sur le plan qui nous occupe, celui des modes d'être de la beauté, les trois points ci-dessus trouvent leurs correspondants respectifs dans les trois points suivants :

– La beauté est toujours un advenir, un avènement, pour ne pas dire une épiphanie, et plus concrètement un « apparaître-là ».

– La beauté implique un entrecroisement, une inter-action, une rencontre entre les éléments qui consti-tuent une beauté, entre cette beauté présente et le regard qui la capte.

– De cette rencontre, si elle est en profondeur, naît quelque chose d'autre, une révélation, une transfigura-tion, tel un tableau de Cézanne né de la rencontre du peintre avec la Sainte-Victoire.

Tout le monde n'est pas artiste, mais chacun peut avoir son propre être transformé, transfiguré par la rencontre avec la beauté, tant il est vrai que la beauté suscite la beauté, augmente la beauté, élève la beauté. Le fonctionnement de la beauté est ternaire, lui aussi.

« La beauté est un apparaître-là », cette formule peut étonner. La beauté, si elle est, n'est-elle pas déjà donnée là, qu'on la voie ou pas ? Pourquoi faut-il qu'elle apparaisse ? Le Chinois ne saurait ignorer qu'il existe une beauté « objective ». Mais il sait aussi que la beauté vivante n'est jamais statique, ni entièrement livrée une fois pour toutes. En tant qu'entité animée par le Souffle, elle obéit à la loi du *yin-xian*, « caché-manifesté ». À l'image d'une montagne cachée par la brume, ou d'un visage de femme derrière l'éventail, son charme réside dans le dévoilement. Toute beauté est singulière ; elle dépend aussi des circonstances, des moments, des lumières. Sa manifestation, pour ne pas dire son « surgissement », est toujours inattendue et inespérée. Une figure de beauté, même de celle à laquelle nous sommes habitués, doit se présenter à nous chaque fois comme à neuf, comme un avènement.

C'est pour cette raison que, toujours, la beauté nous bouleverse. Il est des beautés pleines d'une lumineuse douceur qui, soudain, par-dessus ténèbres et souffrance, nous remuent les entrailles ; d'autres, surgies de quelque souterrain, nous happent ou nous ravissent de leur étrange sortilège ; d'autres encore, pures fulgurances, subjuguent, foudroient…

J'évoquais l'image de la montagne cachée par la brume. Elle me fait penser à l'expression « brume et nuage du mont Lu » qui signifie, en chinois, une vraie beauté – laquelle est, comme il se doit, mystérieuse et « insondable », je vous l'ai dit. Le mont Lu, célèbre pour ses brumes et ses nuages, a d'ailleurs inspiré deux vers célèbres du grand poète du IVe siècle, Tao Yuanming. Ce distique, par son ingénieuse simplicité, fait comprendre la manière dont le Chinois perçoit la beauté :

Je cueille les chrysanthèmes près des haies de l'Est
Voici que, insouciant, je perçois le mont du Sud.

La version française ne traduit malheureusement que l'interprétation première du distique, lequel est à double sens. En effet, dans le second vers, le verbe « percevoir » se trouve être *jian*. Or, ce verbe en chinois ancien voulait aussi dire « apparaître », de sorte que ce second vers peut avoir une autre lecture. Au lieu de « Voici que, insouciant, je perçois la montagne du Sud », on peut lire « Voici que, insouciant, apparaît le mont du Sud ». On sait que le mont du Sud – le mont Lu – ne livre tout l'éclat de sa beauté qu'au moment où se déchire soudain la brume. Ici, grâce au double sens du vers, on assiste à la scène d'une merveilleuse rencontre : vers le soir, le poète se baisse pour cueillir les chrysanthèmes près des haies de l'Est ; voilà que, levant la tête, il perçoit la montagne ; mais comme le suggère le vers, son acte d'attraper la vue de la montagne coïncide avec l'apparition de la montagne même qui, se dégageant de la brume, s'offre à sa vue.

Il se trouve, par une coïncidence heureuse, qu'en français aussi le mot *vue* a un double sens : la vue de celui qui regarde et la vue de la chose regardée. Ainsi, dans le cas présent, les deux vues se rencontrent pour former une parfaite adéquation, un miraculeux état de symbiose, le tout de façon insouciante, comme par grâce. Le poète n'est pas ce touriste qui guette anxieusement un instant propice pour prendre la photo de la montagne. Il sait que s'il cherche à rencontrer la montagne afin d'en vivre la beauté, il est aussi l'interlocuteur attendu.

Nous venons de faire un pas vers l'idée d'une beauté impliquant un entrecroisement entre une présence qui s'offre à la vue et un regard qui la capte, idée proche du concept de *chiasme* avancé par Maurice Merleau-Ponty. La question de tout à l'heure se pose à nouveau : quoi, n'y a-t-il pas une beauté objective ? Faut-il qu'un regard la capte pour qu'elle existe ? Ma réponse, immédiate, serait : la beauté objective existe, mais tant qu'elle n'est pas vue, elle est en pure perte. Cependant, ne nous contentons pas de cette réponse, essayons d'aller vers une vision plus fondamentale en faisant un détour par la peinture chinoise.

Vous avez certainement admiré ces paysages chinois dans lesquels l'on aperçoit quelque part un personnage de dimension minuscule. Pour un amateur occidental, dont l'œil est habitué à regarder des œuvres où les sujets sont représentés au premier plan, reléguant ainsi le paysage à l'arrière-plan, ce personnage est complètement perdu, noyé dans le grand tout. Ce n'est pas ainsi que l'esprit chinois appréhende la chose. Le personnage dans le paysage est toujours judicieusement situé : il est en train de contempler le paysage, de jouer de la cithare, ou de converser avec un ami. Mais au bout d'un moment, si l'on s'attarde sur lui, on ne manque pas de se mettre à sa place, et l'on se rend compte qu'il est le point pivot autour duquel le paysage s'organise et tourne, que c'est à travers lui qu'on voit le paysage. Mieux, c'est lui l'œil éveillé et le cœur battant du paysage. Encore une fois, l'homme n'est pas cet être extérieur qui bâtit son château de sable sur une plage abandonnée. Il est la part la plus sensible, la plus vitale de l'univers vivant ; c'est à lui que la nature murmure ses désirs les plus constants, ses secrets les plus enfouis. S'opère alors un renversement de perspective. Tandis que l'homme devient l'intérieur du paysage, celui-ci devient le paysage intérieur de l'homme.

Tout tableau chinois, relevant d'une peinture non naturaliste mais spiritualiste, est à contempler comme un paysage de l'âme. C'est de sujet à sujet, et sous l'angle de la confidence intime, que l'homme y noue ses liens avec la nature. Cette nature n'est plus une entité inerte et passive. Si l'homme la regarde, elle le regarde aussi ; si l'homme lui parle, elle lui parle aussi. Évoquant le mont Jingting, le poète Li Po affirme : « Nous nous regardons sans nous lasser » ; à quoi fait écho le peintre Shitao qui, à propos du mont Huang, dit : « Nos tête-à-tête n'ont point de fin. » De tout temps, en Chine, poètes et peintres sont avec la nature dans cette relation de connivence et de révélation mutuelle. La beauté du monde est un *appel*, au sens le plus concret du mot, et l'homme, cet être de langage, y répond de toute son âme. Tout se passe comme si l'univers, se pensant, attendait l'homme pour être dit.

Tout cela n'est-il qu'une illusion rêveuse, une lubie « orientale » ? L'homme occidental, « maître et possesseur de la nature », plus rationnel, plus sceptique, cède-t-il à cette « illusion » ? Les expressions françaises « cela me parle », « cela me regarde » ou encore « cela ne me dit rien » semblent trahir aussi ce besoin d'un échange du regard et de la parole avec le monde. Je pense ici à la phrase du peintre André Marchant : « J'ai senti certains jours que c'étaient les arbres qui me regardaient. » Comment ne pas penser aussi à Cézanne ? Certains soirs, il était ému aux larmes quand il sentait et voyait, de la Sainte-Victoire, cette « montée géologique » depuis le fond originel, qui venait au rendez-vous de la lumière du couchant dans laquelle chaque pierre, chaque plante lui parlait un langage natal. Comment ne pas penser également à Lacan enfant qui, un été sur une jetée, fut fasciné par une boîte de conserve flottant sur l'eau et qui scintillait de tout son éclat. Il eut la nette conscience que c'était l'objet qui se signalait à lui et le fixait du regard.

Puisque à propos de Cézanne j'ai parlé de la lumière du soir, entrons plus avant dans l'observation de la beauté du couchant telle que nous la connaissons en général ; c'est l'occasion de vérifier la proposition selon laquelle toute vraie beauté que nous appréhendons comporte entrecroisement et interaction, c'est-à-dire des rencontres actives à plusieurs niveaux. La beauté en question consiste-t-elle en un simple rayon de lumière émané du couchant ? Une simple lumière crée un état lumineux qui peut être agréable ; mais en soi elle n'est pas encore la beauté. Lorsqu'on dit qu'il y a une belle lumière, c'est parce que celle-ci fait resplendir les choses qu'elle éclaire, un ciel plus bleu, les arbres plus verts, les fleurs plus chatoyantes, les murs plus dorés, les visages plus éclatants. La lumière n'est belle que si elle est incarnée. C'est à travers les vitraux ou les arcs-en-ciel qu'on peut le mieux admirer la beauté de la lumière. Il en va de même pour le couchant.

Un couchant a toujours lieu quelque part, sur la mer, sur la plaine, près d'une montagne. Dans ce dernier cas, on imagine assez aisément les éléments de base du paysage : la montagne maîtresse entourée de collines secondaires, les rochers entremêlés de végétation, les nuages qui planent tout proches ou au loin à l'horizon, les oiseaux qui tournoient dans la brume montante, etc. Le tout, nimbé de la dernière clarté du jour, compose une scène émouvante. La beauté du couchant est bien dans la rencontre de ces éléments. Une rencontre cependant est plus qu'une addition des choses. Comme une mélodie qui, n'étant nullement une accumulation de notes, est formée de la consonance entre les notes – « Je cherche les notes qui s'aiment », disait Mozart –, la scène du couchant transcende les éléments qui la composent organiquement, et chaque élément s'y trouve transfiguré. Ceci n'est encore que la rencontre au premier niveau.

À un niveau supérieur, une autre rencontre se produit, lorsque cette scène est captée par un regard. Si elle n'est pas captée par un regard, la beauté ne se sait pas ; elle est en « pure perte », elle ne prend pas son plein sens. « Prendre sens » signifie ici que l'univers, chaque fois qu'il tend vers l'état de beauté, offre une chance – ou ravive une promesse – de jouissance. Ce regard d'un sujet qui capte dans l'instant la scène de beauté entraîne une nouvelle rencontre, située sur un autre plan, celui de la mémoire.

Dans la mémoire, plus exactement dans sa durée, tout regard présent d'un sujet rejoint tous les regards passés lorsque celui-ci a fait la rencontre de la beauté ; il rejoint aussi les regards des autres créateurs dont le sujet a pu admirer les œuvres. Cela rejoint la vérité dont j'ai déjà fait état, à savoir que la beauté attire la beauté, qu'elle l'augmente et l'élève. À partir de là, de regard en regard, le sujet aspire peut-être – si l'inspiration est au rendez-vous – à une rencontre suprême, celle qui le relierait au regard initial de l'univers. Sans avoir besoin d'une croyance, il sent peut-être d'instinct que cet univers, qui a été capable d'engendrer des êtres doués de regard, a dû posséder un regard lui aussi. Si l'univers s'est créé, il a dû « se voir » créer, et a fini par « se dire » : « c'est beau », ou plus simplement : « c'est bien cela ». Si ce « c'est beau » n'avait pas été dit, l'homme aurait-il été capable de dire un jour : « C'est beau » ?

À la lumière de ces quelques réflexions nous comprenons que le regard, tout comme l'acte de regarder, a presque toujours partie liée avec le temps. Cet acte, effectué par un sujet, s'accompagne en effet instantanément d'un autre effort, celui de la re-connaissance, laquelle est liée à la mémoire. Autrement dit, ce qui est regardé renvoie, chez le sujet, à tout ce qui a été regardé par lui dans le passé ou dans l'imagi-nation, et plus en profondeur, à l'expérience intime qu'il a d'une révélation de soi étalée dans le temps.

À ce propos, j'aime à rappeler une remarque d'Henri Maldiney selon laquelle le substantif *regard* et le verbe *regarder* sont deux mots que bien des langues peuvent envier au français. Car la combinaison *re* et *garder* est riche de connotations. Plus que le fait de capter furtive-ment une vue, une image, elle évoque la reprise ou le renouveau de quelque chose qui a été gardé et qui demande, à chaque nouvelle occasion, à être développé en tant que devenir. Ajoutons que le regard comporte en outre l'idée d'*égard*; il incite toujours l'être qui regarde à un engagement plus profond, plus intime.

Existe-t-il une source du regard qui serait elle-même regard ? Même un peuple réputé aussi peu religieux que le peuple chinois sent d'instinct, nous l'avons dit, que cet univers, qui a été capable d'engendrer les êtres vivants pourvus d'yeux, a dû être mû lui-même par le besoin de voir et la capacité de voir. Aussi, en chinois, 視 qui désigne le regard comporte la clé du sacré, du divin. Par ailleurs, une expression presque banale s'est ancrée dans l'imaginaire du peuple : *lao-tian-you-yan*, « le Ciel a ses yeux ». À cet égard, nous avons pu constater tout à l'heure que toute la tradition poétique et artistique en Chine était portée par cette foncière conviction. Plus tardivement, le bouddhisme a introduit la notion de l'« œil de sapience » ou du « troisième œil ». Le regard que produit cet œil, plus que de la sagacité du sujet, relève de la conscience universelle qui l'habite, et qu'il ne peut acquérir qu'après l'expérience de la vacuité.

Nous pouvons solliciter d'autres témoignages venus d'autres spiritualités, témoignages de grands mystiques dont les intuitions sont, à nos yeux, une authentique forme de connaissance. Si nous tournons notre regard vers l'Occident, nous voyons qu'innombrables sont ceux qui ont médité sur le thème du regard de l'homme – et par extension du visage humain – en lien avec le regard de Dieu. Je me contenterai de citer une phrase de Maître Eckhart, laquelle a plus tard fort intéressé Hegel : « L'œil par lequel je vois Dieu est l'œil par lequel Dieu me voit[1]. » Dans l'optique du grand mystique, il s'ensuit que l'homme voit le monde

---

1. Maître Eckhart, *Sur la naissance de Dieu dans l'âme, Sermons 101-104*, Paris, Arfuyen, 2004.

qui se donne à voir tel que Dieu le voit. Seule différence, Dieu en voit la source cachée et la part invisible. À cette part, l'homme ne peut éventuellement accéder que par l'âme. Rappelons que le mot *Deus* vient du mot *dies* qui veut dire « jour » ou « clarté du jour ». Ainsi, la lumière qui rend visible le monde fait toujours naître chez l'homme une double perception : la lumière qui fait voir et la lumière même qu'il voit. La nostalgie chez lui est de les voir coïncider l'une avec l'autre.

Les yeux, chez beaucoup d'animaux, sont beaux. Ceux de l'homme, en leur innocence, sont les plus beaux selon Julien Green qui note dans son *Journal* : « Je me demande si dans tout l'univers il existe quelque chose qui puisse s'y comparer, quelle fleur, quel océan ? Le chef-d'œuvre de la Création est peut-être là, dans le brillant de ses couleurs initiales. La mer n'est pas plus profonde. Dans ce gouffre minuscule transparaît ce qu'il y a de plus mystérieux au monde, une âme, et pas une âme n'est parfaitement semblable à une autre[1]. »

Du côté de l'islam, il y a une longue tradition de méditation sur le regard et la perception. Du maître soufi Sultân Valad, fils du grand Rûmî, citons ce passage où le Créateur s'adresse à la créature en lui disant que c'est par l'âme, et non par le corps, que l'on atteint la vraie perception : « Puisque vous n'avez pas un regard assez pur pour voir ma beauté sans intermédiaire et sans accompagnement, je vous la montre au moyen des formes et des voiles. Car votre perception de ce qui ne peut être qualifié passe par la forme ; vous

---

1. Julien Green, *Œuvres complètes*, Paris, Gallimard, coll. « La Pléiade », 1977, t. V, p. 924.

ne pouvez pas voir ce qui est sans alliage. Donc ma beauté est alliée à la forme, afin d'être à la mesure de votre capacité de vision. L'univers ressemble à un corps dont la tête est dans le ciel et les pieds sur la terre. De même, le corps humain a son ciel et ses astres ; mais ce corps vit par l'âme. L'œil, l'oreille, la langue vivent, voient, entendent, parlent, sentent grâce à l'âme. La vision, la clarté, la vie, les facultés de perception : tout provient de l'âme. C'est par l'intermédiaire de ce pouvoir de perception que l'on perçoit l'âme même. Quand l'âme quitte le corps, la beauté, le charme et l'éclat ne demeurent plus en lui. Sachez donc que toute la beauté se manifeste par le corps, mais qu'elle appartient à l'âme. »

Ibn 'Arabî, un des plus célèbres poètes soufis du XIIIe siècle, a exprimé à sa manière la relation entre le regard du Créateur et celui de la créature. D'un assez long poème, écoutons les quatre vers suivants qui font ressortir une subtile dialectique du regard. Ici encore, c'est le Créateur qui parle :

J'ai créé en toi la perception pour être l'objet de ma
*   perception.*
C'est par mon regard que tu me vois et que je te vois.
Tu ne saurais me percevoir à travers toi-même
En revanche si tu me perçois, tu te perçois, toi-même.

Que le Créateur ait créé la perception chez la créature pour que celle-ci puisse le voir à travers ses œuvres, cela paraît évident. Pourtant le premier vers dit que le Créateur a créé la perception chez la créature pour que, en premier lieu, la créature soit l'objet de sa propre perception. Le Créateur n'aurait-il pas pu créer une créature sans perception et se contenter de regarder cette créature se mouvoir, comme on s'amuserait avec un jouet ? Ce n'aurait pas été là une vraie perception. Dans l'ordre des vivants, une vraie perception a lieu lorsqu'un regard rencontre – ou voit à travers – un autre regard. Aussi le Créateur a-t-il besoin que la créature soit capable de regarder pour pouvoir la percevoir.

Le deuxième vers précise davantage : c'est par le regard du Créateur que la créature le voit. La créature rencontre le regard du Créateur et le voit. Et du coup, le Créateur, rencontrant le regard de la créature qui le voit, voit la créature. Le troisième vers confirme : la créature ne peut voir le Créateur à travers elle-même. Avec le quatrième vers nous comprenons que si la créature voit le Créateur, elle peut véritablement se voir. Ce que dit ce vers, on peut aussi l'inverser en suggérant que, de même, si le Créateur voit la créature, il peut véritablement se voir. Dans ce long poème, si le Créateur éduque la créature sur le mystère du regard, c'est qu'il cherche à entrer dans une relation d'amour avec la créature. Il demande à la créature de ne pas se contenter de regarder à travers elle-même ; il la supplie littéralement de croiser son regard avec celui du Créateur. J'emploie à dessein le verbe supplier, car je pense ici à Phèdre qui supplie littéralement Hippolyte de la regarder. Nous nous souvenons des vers de Racine dans lesquels on voit comment Phèdre, après avoir ressenti la beauté du regard d'Hippolyte, regrette que ce regard ne sache se poser sur elle.

Plus passionné peut-être, Rûmî, cet autre mystique de l'islam, identifie d'emblée toute rencontre avec le regard divin à un acte d'amour. Cet échange d'amour a le don de confondre totalement le regardant et le regardé, c'est-à-dire l'aimant et l'aimé :

Celui dont la beauté est telle que tous le jalousent
Cette nuit est venu, pleurant pour mon cœur
Il pleurait et je pleurais, jusqu'à ce que vînt l'aube
Il a dit : C'est étrange, de nous deux qui est l'amant ?

Dans l'amour comme dans la beauté, tout vrai regard est un regard croisé. C'est pourquoi Merleau-Ponty définit la perception par le concept de *chiasme*, cette interpénétration, justement, entre ce qui regarde et ce qui est regardé. Un regard isolé atteint difficilement la beauté. Les regards croisés peuvent seuls provoquer l'étincelle qui illumine, et dans le cas extrême du Créateur et de la créature, permettent seuls à la lumière divine de se révéler. Mais dans une authentique expérience d'amour et de beauté, toute créature n'est-elle pas élevée à la dignité du Créateur, tant il est vrai que les regards échangés font naître l'un et l'autre, et les font *être* ? Tel est peut-être le sens profond du quatrain d'Angelus Silesius (*Le Pèlerin chérubinique*) :

Mon Dieu, si je n'existais pas
Vous non plus n'existeriez
Puisque moi n'est-ce pas vous
Avec ce besoin que vous avez de moi[1]

À un degré supérieur, le regard dépasse la fascination de la figure et accède à la lumière de l'âme qui est la vraie présence. Cette lumière reçue de l'extérieur pénètre en soi, devient lumière intérieure qui fait voir l'âme de l'autre et l'âme de soi dans une vision faite de va-et-vient, telle une fontaine aux jets croisés. À ce

---

1. Angelus Silesius, *Le Pèlerin chérubinique, op. cit.*, livre I, § 8, p. 34.

moment-là, on ferme les yeux comme lorsqu'on est en prière, ou en extase.

Je pense ici à ces têtes khmères que l'on peut contempler au musée Guimet. On n'en voit plus les yeux, mais curieusement on en voit le regard tourné vers l'espace infini de l'intérieur. Au sujet de cet espace infini de l'intérieur, ajoutons une précision. Si l'on s'en tient au corps physique, c'est un espace terriblement restreint. Si l'on admet et accepte le corps spirituel, c'est-à-dire le corps animé par le souffle de l'esprit, l'infini est virtuellement là, encore faut-il que ce corps spirituel s'éveille et entre en échange, en résonance avec le souffle qui anime l'univers vivant, car l'infini, c'est ce qui n'en finit pas de jaillir vers la vie ouverte. Mais l'espace intérieur est incontournable. Il faut passer par là, et c'est à partir de là que tout peut à nouveau rayonner.

La dimension dont il s'agit est véritablement celle de l'âme. C'est dans la profondeur de l'espace intérieur que l'on peut entendre la voix de l'âme, que l'on peut percevoir la vision de l'âme. Observant une tête khmère en contemplation, nous voyons que nous avons devant nous un visage entièrement absorbé par le regard, un visage qui devient pur regard et pur sourire, visage de la vision où visible et invisible s'alimentent, où source de beauté et beauté effective ne font qu'un. Tourné vers l'intérieur puis retourné vers l'extérieur, ce visage pourra alors dispenser une lumière autre, celle de la transfiguration.

Cinquième méditation

Jusqu'au début du XXe siècle, la création artistique fut placée sous le signe du beau. Les canons de la beauté pouvaient se modifier suivant les époques, le propos de l'art demeurait le même : célébrer la beauté, la révéler, créer du beau. Vers la fin du XIXe siècle déjà, et tout au long du XXe siècle, plusieurs facteurs se sont conjugués pour changer cette donne : la laideur des grandes villes, résultat de l'industrialisation forcenée, la conscience d'une « modernité » basée sur l'idée de « la mort de Dieu », l'effondrement de l'humanisme provoqué par les successives tragédies au niveau planétaire. Tous ces éléments ont bouleversé la conception traditionnelle de l'art, lequel ne se limite plus à l'exaltation d'un beau reconnu comme tel. Par une sorte d'expressionnisme généralisé, la création artistique, à l'instar de la littérature qui a connu un éveil plus tôt, entend avoir affaire à toute la réalité des vivants et à tout l'imaginaire de l'homme. N'ayant plus pour seule visée le beau, sauf sur le plan stylistique, elle n'hésite pas à avoir recours aux ruptures et aux déformations les plus extrêmes.

Toutefois, en dépit de l'impression générale d'un déchaînement dans « le bruit et la fureur », le fil d'or du beau ne s'interrompt pas tout à fait. Pour ne citer que les peintres les plus connus, « figuratifs » ou « abstraits » : Braque, Matisse, Picasso, Chagall, Miró,

Bonnard, Derain, Marquet, Morandi, Balthus, de Staël, Kandinsky, Delaunay, Bazaine, Hartung, Sam Francis, Rothko, Manessier, Soulages, Zao Wou-Ki. À travers eux, ou par-dessus eux, la référence à l'expérience du passé reste valable.

Je voudrais mentionner ici le point de vue d'un homme qui a un sens aigu du tragique moderne, le poète-peintre Max Jacob. Dans *L'Homme de cristal*, il écrit en toute simplicité :

> *Sur ma face de mort on lira mes études*
> *et tout ce qui entre de toute la nature*
> *dans mon cœur aspirant à toute beauté,*
> *les voyages, la paix, la mer, la forêt*[1].

Et dans *Derniers poèmes*, il évoque sa nostalgie : « Il suffit qu'un enfant de cinq ans, en sa blouse bleu pâle, dessinât sur un album pour que quelque porte s'ouvrît dans la lumière, pour que le château se rebâtît et que l'ocre de la colline se couvrît de fleurs[2]. »

Une création artistique digne de ce nom, dévisageant tout le réel, se doit d'entretenir les deux desseins : elle doit certes exprimer la part violente, souffrante de la vie, ainsi que toutes les formes de déviation que cette vie engendre, mais elle a également pour tâche de continuer à révéler ce que l'univers vivant recèle de beauté virtuelle. Chaque artiste, en somme, devrait accomplir la mission assignée par Dante : explorer à la fois l'enfer et le paradis. D'ailleurs, une des preuves de l'existence de cette beauté virtuelle se trouve dans la

---

1. Max Jacob, *L'Homme de cristal. Poèmes*, Paris, Gallimard, 1967, p. 45.

2. Max Jacob, *Derniers poèmes en vers et en prose*, Paris, Gallimard, 1961, p. 118.

création artistique même. Dans celle-ci, la recherche de la beauté de la forme et du style – même si cette beauté, nécessaire, n'est jamais suffisante – est la marque qui distingue une œuvre d'art des autres productions humaines, à but utilitaire. L'art authentique est en soi une conquête de l'esprit ; il élève l'homme à la dignité du Créateur, fait jaillir des ténèbres du destin un éclair d'émotion et de jouissance mémorable, une lueur de passion et de compassion que l'on peut partager. Par ses formes toujours renouvelées, il tend vers la vie ouverte en abattant les cloisons de l'habitude et en provoquant une manière neuve de percevoir et de vivre.

Quand je parle d'art, j'ai en vue aussi bien la poésie, la peinture que la musique. J'accorde une place plus qu'éminente à la musique occidentale. Dans tous ces domaines, le génie dont l'homme est doté a pu atteindre son plus haut degré d'expression. C'est que l'art est toujours la cristallisation d'un « ici et maintenant » apparemment provisoire, l'élévation d'une présence dans le temps comme avènement. Par ces formes réalisées qui réactivent la grande rythmique, il est pour l'homme le moyen suprême de défier le destin et la mort. Cela n'enlève en rien à la valeur d'autres types d'activités et d'engagements. Simplement, l'art a le don de se justifier par son existence propre, par « la chose en soi ». En lui, l'homme peut puiser une raison d'être pour son existence terrestre. Comment ne pas songer aux strophes désormais célèbres de Baudelaire :

C'est un cri répété par mille sentinelles,
Un ordre renvoyé par mille porte-voix ;
C'est un phare allumé sur mille citadelles,
Un appel de chasseurs perdus dans les grands bois !

Car c'est vraiment, Seigneur, le meilleur témoignage
Que nous puissions donner de notre dignité
Que cet ardent sanglot qui roule d'âge en âge
Et vient mourir au bord de votre éternité[1] *!*

Le poète, ici, rend hommage aux grands peintres qui ont fait la gloire de l'art pictural occidental. Ma démarche en sera sensiblement proche. Sans négliger aucune référence valable à divers domaines de l'art, j'ai tendance à mettre l'accent sur la peinture car, concernant le beau, cet art visuel s'impose à nous par sa force d'évidence. C'est bien lui qui a suscité, au cours des siècles, les réflexions les plus concrètes, les plus conséquentes aussi. C'est pourquoi, dans ma réflexion, je solliciterai les deux traditions de pensée que je connais un peu, l'occidentale et la chinoise, comme j'ai commencé à le faire lors de la précédente méditation. Cette fois-ci, j'interrogerai plus spécifiquement la pensée esthétique – ou la philosophie de l'art –, mon propos étant de voir dans quelle mesure, en dépit de la totale confusion dans laquelle nous nous trouvons depuis un siècle, il est encore possible de dégager quelques notions de valeur pour cerner le beau engendré par la création artistique.

Précisons qu'il ne s'agit nullement d'une étude systématique ; le présent cadre ne le permettrait pas. Le souci de s'abriter derrière le lourd appareil académique et de ne négliger aucun détail ne peut que contribuer à escamoter ce qui me semble essentiel. Je n'aurai pas pour but d'opposer, une fois de plus, et de façon rigide, l'Orient et l'Occident en leur différence, afin de flatter de part et d'autre je ne sais quel penchant narcis-

---

1. Charles Baudelaire, « Les phares », *Les Fleurs du mal, op. cit.*

sique. Cela a été fait. Si nous en restions là, le jeu se révélerait stérile. Je m'efforcerai, bien entendu, de faire ressortir la différence, mais en la plaçant dans l'optique de la complémentarité. Comment nier que, du fait de l'unicité des êtres et des cultures, la diversité est la condition même de l'humain, qu'elle est sa richesse et sa chance ? Néanmoins, j'ai assez vécu pour observer et comprendre que, très en profondeur, l'effort de l'homme pour tendre vers le beau est de nature universelle. Je ne doute pas que le grand dialogue qui marquera le siècle à venir se fera aussi dans l'esprit non de confrontation mais de compréhension, seule voie qui vaille. De la pensée esthétique occidentale, connue de tous, je ne mentionnerai que les quelques points qui me semblent, à moi, importants. Si j'insiste plus, ici, sur la pensée esthétique chinoise, ce n'est pas par préférence. Simplement, j'ai le souci de verser au dossier, en vue d'un dialogue plus poussé, une pièce particulière que je connais mieux.

Concernant le courant majeur de la pensée qui a dominé en Occident, depuis les Grecs jusqu'au rationalisme de l'âge moderne, en passant par Descartes, on pourrait dire très schématiquement que ce qui l'a singularisé et ce qui, à bien des égards, a fait sa grandeur – même si, depuis un siècle, on en a mesuré les limites sur le plan philosophique –, c'est la démarche dualiste : un dualisme fondé sur la séparation de l'esprit et de la matière, du sujet et de l'objet. Séparation comme étape nécessaire, qui a permis des acquis positifs dont bénéficiera l'humanité tout entière. L'affirmation de l'objet à observer et à analyser a abouti à la logique et à la pensée scientifique. L'affirmation du sujet, elle, a abouti à l'élaboration d'un droit qui protège son statut, à une liberté effective.

Dans le domaine esthétique, cette séparation trop tranchée, tout en ayant suscité des réflexions extrêmement fécondes, n'a pas toujours favorisé un type de démarche qui envisagerait un processus organique où sujet et objet s'impliquent dans un va-et-vient continu et qui continûment opère la transformation réciproque. Tout au long d'une pensée qui cherche à cerner le phénomène de la création artistique et à fixer les critères du beau, il y a comme une oscillation, ou une irrésolution, entre l'affirmation de la prééminence de l'objet, et celle du sujet. En simplifiant beaucoup, on peut dire que, depuis la Grèce antique jusqu'au XVIIIᵉ siècle, l'idéal de la beauté qui doit régir la création artistique s'efforce de se baser sur des critères objectifs, l'art ayant pour modèle la Nature en ce qu'elle a de plus vivifiant, de plus inspirant, de plus noble.

Platon, dans *Phèdre*, dit que la beauté se manifeste dans les choses à travers leur « intégrité, simplicité, immobilité, félicité, lesquelles appartiennent à leur tour aux apparitions que l'initiation finit par dévoiler à nos regards au sein d'une pure et éclatante lumière[1] ». Aristote, dans la *Métaphysique*, reprend la même position, tout en formulant des critères plus concrets : « Les formes les plus hautes du beau sont l'ordre, la symétrie, le défini, et c'est là surtout ce que font apparaître les sciences mathématiques[2]. » Ces principes objectifs d'ordre, de symétrie et de défini qui entraînent l'idée d'harmonie recherchée, de contraste

---

1. Platon, *Phèdre*, Paris, Garnier-Flammarion, 2006, p. 124.
2. Aristote, *Métaphysique*, Paris, Garnier-Flammarion, 2008, livre M, 4, 1078a.

voulu, et de proportion juste, demeurent des règles incontestées. Plus tard, les mouvements baroques ont certainement constitué une forme de libération, sans toutefois remettre en cause les règles de base.

Au long du XVIII⁰ siècle, dans divers pays de l'Europe occidentale, on se mit à repenser le problème de la beauté dans l'art. Dans son article sur le Beau, Diderot, admirateur de Chardin, a une démarche encore fondamentalement classique, avec quelques percées dans le sens d'un regard plus neuf, lorsque, touchant la structure interne d'une œuvre, il soutient, comme nous l'avons vu précédemment, que la beauté qui en émane réside dans les *rapports*, ou lorsqu'il avance l'idée que, par-delà l'*imitation*, l'art nous apprend à voir dans la nature ce que nous ne voyons pas dans la réalité. C'est dans l'article sur le Génie qu'il se montre le plus hardi : « Le génie est un sujet autonome, libre, créateur de ses propres lois. Toute règle ou contrainte efface sa puissance créatrice à produire le pathétique, le sauvage et le sublime. »

Toutefois, pour ce XVIII⁰ siècle, il nous faut tourner notre regard de nouveau vers l'Allemagne. C'est là que va avoir lieu un exceptionnel moment philosophique qu'on appelle l'idéalisme allemand. Depuis le milieu du XVIII⁰ siècle jusqu'aux premières décennies du XIX⁰ siècle, vont se succéder trois générations de penseurs qui vont entreprendre, sur le sujet qui nous intéresse ici, une interrogation, une quête passionnée et passionnante, et qui vont favoriser la naissance du mouvement littéraire et artistique qu'est le Romantisme. Il serait utile, pour la suite de notre réflexion, que nous résumions cette aventure, fût-ce de manière sommaire et inévitablement maladroite.

Commençons, comme il se doit, par Baumgarten, né en 1714, disciple de Wolff et exact contemporain de Winckelmann, auteur de la célèbre *Histoire de l'art de l'Antiquité*. C'est à lui que revient le mérite d'avoir été le premier à émettre le vœu que soit instituée une discipline ayant trait à l'esthétique, sorte de science de la sensibilité, la beauté étant à ses yeux la forme sensible de la vérité. Immédiatement après lui, les penseurs allemands se feront un devoir de réfléchir sur la question de la beauté.

Kant lui-même n'y fait pas exception. À ses grandes « critiques », il ajoutera une *Critique de la faculté de juger*, consacrée à la manière dont l'homme appréhende le beau. Dans cet ouvrage admirable de rigueur et de clarté, le point de vue du philosophe est celui d'un spectateur qui se trouve devant un objet de beauté ou une œuvre d'art, et qui tente de l'apprécier. Il n'est pas tout à fait celui d'un créateur engagé dans le processus de la création dont la conscience affronte la beauté comme un défi qui lui est lancé. Cela est logique, car la démarche générale du philosophe est « dualiste ». Il est dans la position d'un sujet qui aborde l'objet de face dans l'intention de le connaître. On sait avec quelle lucidité il a pu mesurer jusqu'où peut tendre la connaissance humaine. Toutefois, on sait aussi que sa réflexion philosophique l'a conduit à poser que « la chose en soi », la chose telle qu'elle est en elle-même, l'homme ne peut la connaître.

Pour le philosophe, notre goût est l'élément de base qui nous permet de juger le beau et il va nous donner quatre définitions du beau : « Le beau est l'objet d'une satisfaction désintéressée » ; « Est beau ce qui plaît universellement sans concept » – c'est-à-dire qu'on ne peut pas prouver la beauté, mais seulement l'éprouver ; « Le beau est la forme de la finalité d'un objet en tant qu'elle y est perçue sans représentation de fin » – c'est-à-dire qu'une œuvre d'art ne vise pas une fin utile ;

« Est beau ce qui est reconnu sans concept comme l'objet d'une satisfaction nécessaire » – c'est-à-dire que chacun de nous doit nécessairement y être sensible[1].

À nos yeux, ces quatre définitions sont probablement insuffisantes pour appréhender tout l'ébranlement de l'être, toute la transformation potentielle qui s'opèrent à l'intérieur d'un sujet lorsque le désir et l'esprit de celui-ci sont aux prises avec la beauté.

Réagissant à Kant son maître, Fichte assure que jusqu'à un certain degré nous pouvons connaître la « chose en soi », dans la mesure où celle-ci est à la base même de l'esprit connaissant de l'homme. Exaltant le sujet réfléchissant qui puise en lui-même les ressources de la connaissance, il bâtit un système qui finit par devenir un idéalisme absolu où il n'y a d'autre réalité que le moi.

Réagissant à son tour à son maître Fichte, Schelling parachève en quelque sorte l'intense jeu dialectique qui s'est joué sur trois générations. Schelling est pénétré de l'importance du sujet connaissant, agissant, créant. Il sait aussi qu'un subjectivisme sans « garde-fou » verse dans l'arbitraire et conduit à une voie contraire à la vérité de la vie. Il faut à la conscience humaine non un complice chimérique ni un opposant stérile, mais un partenaire, un interlocuteur. Ce dernier ne saurait être arbitrairement choisi, selon le bon vouloir de l'homme. Il doit être la source même de la vie. Et pour Schelling, ce sera la Nature à laquelle il donne un sens proche de celui que les Grecs donnent au mot *Physis*. À ses yeux, la Nature, en sa profondeur potentielle et irrévélée, n'est pas seulement une entité passive et servile, une simple

---

1. Emmanuel Kant, *Critique de la faculté de juger*, Paris, Gallimard, coll. « Folio essais », 1985, p. 139, 152, 175.

source de matières premières ou, pire, un cadre décoratif pour l'homme. Elle est la force cosmique primitive, relevant d'un principe sacré et éternellement créatrice. En nouant avec elle un dialogue continu et exigeant, l'homme est assuré d'être dans l'authentique voie de la vie et de la création.

L'essentiel de la pensée de Schelling se trouve exprimé dans son ouvrage *Système de l'idéalisme transcendantal*, publié en 1800. Il met la véritable création artistique à la place suprême, au-dessus même de la pure spéculation philosophique. Il s'emploie à montrer que, avide de connaître l'Absolu, l'Esprit, celui qui habite l'homme, s'engage dans une quête dont l'objet est la recherche de l'identité du moi et de celle du monde. Cette identité supérieure où le moi et le monde coïncident, seul l'art peut la réaliser. Car, dans l'acte de création, l'artiste objective l'idée dans la matière et, par là, subjective aussi la matière. Dans l'art sont alors réunis les contraires apparemment irréconciliables que sont esprit et nature, sujet et monde, singulier et universel. L'œuvre qui atteint la grandeur contient une infinité d'intentions et de virtualités ; elle est véritablement la figure de l'infini dans le fini, seul lieu où les contradictions se résolvent dans l'apaisement. Schelling est à mes yeux, parmi tous les penseurs occidentaux, celui dont la vision sur l'art est la plus proche de celle qui nourrit les peintres-lettrés chinois, même si, pour la pensée chinoise, fondée sur l'idée du Souffle, la notion d'« identité absolue » possède quelque chose de trop fixe, de trop statique. Malheureusement, la pensée de Schelling sera vite éclipsée par celle de son condisciple Hegel dont le génie va tout balayer sur son chemin.

L'équilibre fragile fondé sur le respect que l'homme porte à l'Autre – la Nature ou l'Univers vivant – et sur l'échange sincère et bénéfique entre les deux interlocuteurs sera rompu par le système par trop écrasant de Hegel. Nous connaissons, bien entendu, toute la grandeur de la pensée de Hegel ; nous osons cependant avancer ceci : en anticipant le triomphe de l'Idée absolue, qui entraînera, selon le philosophe, la disparition de la création artistique et de la religion, l'objet, en tant que négation qui permet au sujet-esprit de se dépasser, ne semble plus qu'une sorte de « tremplin provisoire », de « prétexte utilitaire », et non, comme chez Schelling, une entité qui, apportant contradictions et exigences constructives, serait destinée à durer. Si nous admettons, surtout en art, que l'essentiel est ce qui naît entre les interlocuteurs selon le principe de vie en vue d'une transformation commune, alors la dialectique hégélienne n'est pas à proprement parler « dialogale » ; elle ne suit pas un vrai mouvement ternaire.

Après Hegel, dans le domaine de la pensée esthétique, tandis que Nietzsche exalte l'énergie vitale d'inspiration dionysiaque, Benedetto Croce met en avant l'expression subjective de l'esprit humain. Paradoxalement – ou heureusement –, durant cette même période, les artistes, eux, et surtout les impressionnistes, ont d'instinct compris la nécessité de renouer l'authentique dialogue avec la Nature. Un Pissarro, un Monet, un Van Gogh, un Gauguin, un Renoir, un Sisley, chacun, à sa manière, est allé au bout de sa vision, vivifié par les ressources inépuisables d'une Nature retrouvée.

Sans nullement chercher à le comparer aux autres, j'insisterai cependant sur le cas de Cézanne qui me semble être allé plus loin dans le sens de la profondeur, lorsqu'il a entrepris de peindre les rochers, les arbres et la Sainte-Victoire. Par-delà le temps atmosphérique, il a plongé dans un temps géologique, et

assisté, de l'intérieur, à cette remontée de la force tellurique depuis l'obscurité originaire jusqu'à la clarté
du jour, jusqu'au déploiement rythmique de ce que la
terre porte en elle comme formes variées, rendues plus
variées encore par ce fascinant jeu de lumière que le
soleil dispense.

Chez Cézanne, la beauté est formée de rencontres à
tous les niveaux. Au niveau de la nature représentée,
c'est la rencontre entre le caché et le manifesté, entre
le mouvant et la fixité ; au niveau de l'agir de l'artiste,
c'est la rencontre entre les touches apposées, entre les
couleurs appliquées. Et au-dessus de cet ensemble, il
y a la rencontre décisive entre l'esprit de l'homme et
celui du paysage à un moment privilégié, avec dans
l'intervalle ce quelque chose de tremblant, de vibrant,
d'inachevé, comme si l'artiste se faisait réserve ou
accueil, en attendant la venue de quelque visiteur qui
sache habiter ce qui est capté, offert.

Oui, à l'aube du XXᵉ siècle, se dresse, en Occident,
cette figure singulière avec qui, par-dessus les siècles,
les grands maîtres des Song et des Yuan viendraient
volontiers converser. Indéniablement, l'œuvre de
Cézanne est la plus proche de la grande voie du paysage en Chine. Elle a assez d'envergure pour être le
lieu de jonction où les deux traditions peuvent se
reconnaître et se féconder, et ceci dans la perspective
d'un commun renouvellement. Car, du côté de l'Occident, le cubisme n'a exploité qu'une part superficielle
de toute la richesse contenue dans cette œuvre.

Rien d'étonnant à ce que, après l'avènement de la
pensée phénoménologique – cette tentative d'un
« retour aux choses » –, un Merleau-Ponty ait voulu
étudier le phénomène de la perception et de la création
d'après l'expérience de Cézanne. Passant un été au
pied de la montagne Sainte-Victoire sur les traces du

peintre, il a observé que l'acte de percevoir et de créer naissait du *chiasme* – notion que nous avons déjà évoquée à plusieurs reprises –, chiasme formé par l'entrecroisement des regards, lequel entraîne celui des corps et des esprits. Dans ce jeu de rencontre totale, le sujet regardant n'est pas moins regardé tant il est vrai que le monde regardé se révèle lui aussi un « regardant ». Entre les deux entités en présence, l'entrecroisement en question se transmue en interpénétration. C'est bien au travers d'un corps-à-corps et d'un esprit-à-esprit qu'advient la vraie perception-création.

Toujours dans l'aire intellectuelle de la phénoménologie, bien qu'il n'admette pas tout à fait cette parenté, Heidegger a puisé lui aussi certaines leçons chez Cézanne et, plus lointainement, chez Laozi. Méditant sur la nature et la signification d'une œuvre d'art, il fait appel, entre autres, à l'image du vase vide. Celui-ci, en sa simplicité même, relie pourtant la terre et le ciel, l'humain et le divin. Toute œuvre d'art digne de ce nom est douée de ce pouvoir de « reliance ». Nous ne pouvons ne pas y entendre un écho à la pensée de Schelling que Heidegger a beaucoup étudiée.

Tout cela concerne la démarche générale de la pensée occidentale sur la création artistique. Cette pensée, bien entendu, est allée plus loin dans l'investigation concrète de cette pratique. S'appuyant sur une histoire de l'art solidement constituée, elle a proposé des éléments pour distinguer styles et genres, des modèles pour cerner formes et structures, des figures rhétoriques – métaphore, métonymie, allégorie, symbole, etc. – pour décrire les multiples procédés dans la réalisation d'une œuvre. J'aimerais remonter maintenant, fût-ce brièvement, aux deux notions initiales qui ont présidé à l'orientation de l'art occidental, à savoir la *mimêsis* et la *catharsis*.

Le terme *mimêsis* (imitation) a donné lieu à de nombreuses interprétations. Je m'en tiens ici au sens que lui donnent Platon et Aristote. Dans la philosophie de Platon, la *mimêsis* a deux significations un peu contraires : elle est d'une part un art de la copie « conforme » ; de l'autre un art de l'apparence illusoire. Si l'artiste reproduit une œuvre conforme aux canons des proportions du corps humain, il crée une œuvre vraie. Précisons à ce propos que, dans la Grèce antique, la forme artistique majeure est la sculpture. Y est célébré avant tout le corps humain. Dans cette figure idéalisée de beauté et de désir, derrière laquelle on pressent la main divine, l'apparence et le fond sont confondus.

En revanche, lorsque l'artiste s'éloigne de la vérité objective, il crée une œuvre où la ressemblance n'est qu'artifice, illusion, simulacre. Cet art du trompe-l'œil est condamné par Platon ; ainsi seront exclus de la Cité idéale, telle que le philosophe la pense dans *La République*, peintres et poètes.

Aristote rejette cette dichotomie opérée par Platon, et soutient dans sa *Poétique* que le principe de tous les arts est dans la *mimêsis*. Le philosophe sait que l'art passe par la forme à travers une matière, que l'artiste travaillant la matière pour lui donner une forme sera forcément amené à maîtriser matière et forme, et à les connaître. Ce qui lui permet d'affirmer que le travail de la *mimêsis* est un processus de connaissance.

Il y a chez l'artiste cette posture initiale inspirée par le souci de reproduire qui a déterminé l'esprit de l'art occidental. L'homme capable de reproduire exalte en lui-même la prouesse technique ; l'homme capable de connaître la matière et de recréer la forme aiguise toujours davantage son désir de la maîtrise du monde.

L'idée de *mimêsis* existe dans toutes les cultures, mais c'est en Occident que sa pratique a été menée à ses extrêmes conséquences, grâce sans doute à cet éveil très précoce de sa signification spécifique. Si l'on regarde de manière globale la peinture et la sculpture occidentales – mettons à part la musique – jusqu'au XIXᵉ siècle, il semble possible d'en dégager la ligne de force : plutôt qu'à créer un état de rêve ou de pure communion, la tendance dominante vise à dompter le réel par la figuration véridique. L'esprit qui anime cet art est celui de la conquête. Je n'use nullement de ce dernier terme dans un sens péjoratif. Il est vrai qu'un esprit de conquête, exclusif, exagéré, aveugle celui qui crée et l'empêche d'accomplir toute la tâche que l'art attend de lui. Néanmoins, en sa meilleure part, cet esprit a fait la grandeur de l'art occidental. Grandeur de la connaissance. Connaissances pratiques d'abord : observations minutieuses des effets d'optique et des phénomènes atmosphériques ; analyse des composantes de la matière minérale, végétale et animale. Et conquête parmi les conquêtes : formulation précise des lois de la perspective.

Mais ce sont des connaissances d'un autre ordre que nous voudrions souligner. Héritier de la Grèce et de la tradition judéo-chrétienne, l'art occidental a représenté, inlassablement, les paysages où se jouent les drames ou les aspirations de l'homme, le corps même de l'homme, corps charnels tout d'éclat et de plaisir certes, mais aussi corps de violence et de souffrance, victimes de cruauté et de dérision, corps offerts au sacrifice et à l'espoir de la rédemption.

Par-delà les paysages et les corps, l'art occidental est parmi tous les arts du monde celui qui a le plus dévisagé le visage, le plus scruté toutes les facettes de son mystère. Mystère de sa beauté émouvante, mystère non moins hallucinant de sa capacité à glisser vers les hideuses grimaces. Entre beauté et hideur se concentre sur un visage toute une gamme d'expressions à travers lesquelles la vie irrévélée cherche à se dire : tendresse, ravissement, jubilation, élan et quête, extase, solitude, mélancolie, colère, désolation, désespoir... Parmi tous ceux qui ont sondé ce mystère, Rembrandt, qui vient après les grands Renaissants, est certainement digne d'occuper la place la plus éminente.

Quant à la notion de *catharsis*, elle a également été étudiée par Aristote au sujet des passions dans sa *Poétique*. C'est au théâtre et à la tragédie en particulier qu'est lié ce terme grec qui signifie la purgation, la purge au sens quasi médical du mot, et, dans un sens plus élevé, la purification. Car le spectateur, assistant à la représentation d'une tragédie, y participe mentalement. Il peut éprouver toutes sortes de sentiments dont les dominants seront la crainte et la pitié. Il connaît le soulagement lorsque au terme du drame l'injustice est réparée, ou que le criminel est en proie aux remords, ou puni. Si la tragédie parvient à explorer en profondeur le mystère de la destinée humaine, et que le spectateur expérimente la « frayeur sacrée », la purification qui en résulte est à comprendre comme un retournement intérieur, une élévation spirituelle.

Quelle que soit l'évolution intervenue dans le développement de la tragédie grecque à l'âge classique – une évolution qui voit la prédominance du destin céder le pas au débat de la conscience humaine –, le sacré y est présent. C'est notamment la voix du chœur qui commente les actes, s'en lamente ou s'en félicite, et qui invoque les puissances d'En-Haut, lesquelles offrent une figure distante et intransigeante, d'où la tension dramatique. Par ce biais, l'humain se mesure à l'aune du divin ; la condition des mortels est appréhendée à la lumière de celle des dieux. La mort, ici, s'affiche comme la ligne indépassable, et dans le même temps, paradoxalement, comme l'espoir même du dépassement. Elle s'offre en effet comme l'unique chance d'une rédemption, ou d'une transfiguration. Sous-jacent à toutes les tragédies demeure le mythe d'Orphée, lequel préfigure la passion du Christ qui hantera l'imaginaire occidental, par-delà toute question de croyance.

Cet éclairage nous montre que seuls un retournement spirituel et une transfiguration permettent à certaines tragédies humaines de se transmuer en beauté. À mes yeux, la tragédie grecque en est le fondement. Elle contribue à la grandeur dont nous avons parlé ; elle imprégnera plus tard toutes les formes de la tradition artistique : théâtre, littérature, peinture, musique, danse.

À côté de la tradition artistique occidentale caractérisée par son développement continuel et par la longue réflexion théorique qui l'a accompagnée, je ne vois guère que la tradition artistique chinoise qui lui soit comparable. Durant près de trois millénaires, la Chine a connu une création artistique d'une remarquable continuité. Non moins remarquable est le fait qu'elle a accumulé, au cours de ces longs siècles, un impressionnant corpus de textes théoriques issus de penseurs puis d'artistes eux-mêmes. Cela surtout dans le domaine de la poésie, de la calligraphie et de la peinture. Ces trois arts ont entretenu des rapports organiques. Ils formeront une pratique unifiée lorsque prendra naissance la peinture dite des lettrés, vers le XIᵉ siècle. Les peintres lettrés prendront désormais l'habitude d'insérer dans leurs tableaux des poèmes calligraphiés. Ces trois-arts-en-un ont porté si haut l'expression de l'esprit humain que les Chinois ont fini par les considérer comme la forme suprême de l'accomplissement de l'homme.

Observant cette tradition spécifique, je serais tenté de paraphraser Kant, mais en l'inversant. Je dirais que la connaissance du beau est universelle et fondée sur des concepts ; qu'elle est désintéressée mais ayant sa finalité. Car, curieusement, c'est dans la théorie poétique, et plus encore dans la théorie picturale, toutes deux nourries d'expériences pratiques, que la pensée chinoise a engendré le plus grand nombre de notions dont certaines, de portée générale, sont de véritables concepts.

Quant à la finalité du beau, du moins celui que produit l'art – un art qui, de fait, tire son essence de la beauté contenue dans la Nature –, l'homme chinois de la haute époque ne doute pas que là se trouve la vie la plus vraie que le destin terrestre permette de rejoindre. La finalité de la beauté artistique en son état le plus élevé est plus que plaisir « esthétique » ; elle est de donner à vivre. Le grand peintre Guo Xi, du XIᵉ siècle, ne disait-il pas que « nombre de tableaux sont là pour être regardés, mais les meilleurs sont ceux qui offrent l'espace médiumnique pour qu'on puisse y séjourner indéfiniment » ? En ce séjour d'un autre ordre, le mourir signifie réintégrer l'Invisible.

Une conviction aussi constante et une telle expérience vécue malgré d'importantes lacunes méritent peut-être qu'on y prête un instant attention. C'est une pièce à verser au dossier du grand dialogue qui s'amorce enfin entre l'Extrême-Orient et l'Occident. Dans le cadre limité de la présente méditation, je me contenterai d'évoquer les trois notions fondamentales que sont le *yin-yun*, « interaction unifiante », le *qi-yun*, « souffle rythmique », et le *shen-yun*, « résonance divine ». Celles-ci, liées entre elles de façon organique et hiérarchique, constituent les trois niveaux, ou les trois degrés, d'un critère à partir duquel la tradition chinoise se propose de juger de la valeur d'une œuvre, et par là, de la vérité du beau en général.

Mais avant de les aborder, il est indispensable de faire un détour, de nous rappeler, sous peine de répétition, ce que nous avons déjà pu dire au sujet de la pensée chinoise et de l'esprit spécifique de sa démarche. La répétition a ceci d'utile qu'elle permet de confirmer des points importants, tout en avançant de quelques pas. Répétons donc les points suivants. À partir de l'idée du *qi*, « souffle », à la fois matière et esprit, les premiers penseurs chinois ont avancé une conception unitaire et organique de l'univers vivant où tout se relie et se tient. Le Souffle constitue l'unité de base et, dans le même temps, il anime continûment tous les êtres de l'univers vivant, les reliant en un gigantesque réseau de vie en marche appelé le Tao, la « Voie ». Au sein du Tao, le fonctionnement du Souffle est ternaire, en ce sens que le Souffle primordial se divise en trois types dont l'interaction régit l'ensemble des vivants, à savoir le souffle Yin, le souffle Yang et le souffle du Vide médian. Le souffle Yang incarnant la puissance active et le souffle Yin incarnant la douceur réceptive ont besoin du souffle du Vide médian – qui, comme son nom l'indique, incarne le nécessaire espace intermédiaire de rencontre et de circulation – pour entrer dans une interaction efficace et, dans la mesure du possible, harmonieuse.

Cet aperçu nous rappelle, si besoin est, que, dès le départ, la pensée chinoise dominante – le « Vide médian » chez les taoïstes, le « Milieu juste » chez les confucéens – a cherché à dépasser le dualisme. Aujourd'hui nous voyons plus clairement ce qui a manqué à la pensée chinoise et ce que la Chine doit apprendre de l'Occident. En revanche, du côté de la théorie esthétique – concernant le beau, et plus particulièrement la

création artistique – la Chine semble avoir connu une
grande précocité. Cette pensée ternaire a compris très
tôt que la beauté est précisément de nature ternaire.
Nous l'avons dit, les Chinois n'ignorent point qu'il
existe des « beautés objectives » et qu'il ne manque pas
d'autres mots, moindres, pour les qualifier. Mais à leurs
yeux, la vraie beauté – celle qui advient et se révèle, qui
est un apparaître-là touchant soudain l'âme de celui qui
la capte – résulte de la rencontre de deux êtres, ou de
l'esprit humain avec l'univers vivant. Et l'œuvre de
beauté, toujours née d'un « entre », est un trois qui, jailli
du deux en interaction, permet au deux de se dépasser.
Si transcendance il y a, elle est dans ce dépassement-là.

Toujours à propos de l'esprit ternaire, il est à remarquer que dans la tradition rhétorique chinoise, puis
dans celle de l'esthétique, les notions ou figures vont
souvent par paires. Formant couple dans un binôme,
du même type que par exemple « Yin-Yang », « Ciel-
Terre », « Montagne-Eau », le binôme est l'expression
même de la ternarité, puisqu'il exprime l'idée que porte
chacune des deux figures, mais aussi l'idée de ce qui se
passe entre elles, leur offrant une possibilité de dépassement. Ainsi, occupant une place dominante, il y a le
couple rhétorique *bi-xing*, « comparaison-incitation »,
plus tard le couple *qing-jing*, « sentiment-paysage ».

Le premier couple, *bi-xing*, « comparaison-incitation », fait partie de la tradition de commentaires sur
le *Livre des Odes*. Cet ouvrage est le premier recueil
poétique de la littérature chinoise. Compilé vers le
VIᵉ siècle avant J.-C. – probablement par Confucius –, il
contient des pièces qui remontent à plus d'un millénaire
avant notre ère. L'ensemble de plus de trois cents
poèmes a suscité, quelques siècles plus tard, une tradition de commentaires. Les deux principales figures qui
forment ce premier couple avaient pour fonction d'ana-

lyser les procédés poétiques. Plus que de simples
figures rhétoriques, elles sont en réalité de véritables
notions philosophiques, dans la mesure où elles mettent
en avant le rapport du sujet et de l'objet. Le *bi*,
« comparaison », désigne le cas où le poète choisit dans
la nature un élément pour illustrer ou incarner ses sensations ou sentiments, donc un mouvement qui va du
sujet vers l'objet ; le *xing*, « incitation », désigne, lui, le
cas où une scène de la nature suscite dans le for intérieur du poète un souvenir, une émotion, donc un mouvement qui va de l'objet au sujet. Mis ensemble, ils
forment un couple donnant lieu à un processus de va-
et-vient qui préside à la venue de la poésie, laquelle ne
saurait être purement projection subjective ni purement
description objective. Dans l'optique chinoise, la poésie, cette pratique signifiante, est une mise en relation,
en profondeur, de l'homme et de l'univers vivant, ce
dernier étant considéré comme un partenaire, un sujet.

Le second couple, *qing-jing*, « sentiment-paysage »,
a pris son essor plus tardivement. Il vient, pour ainsi
dire, élargir le champ d'application du premier couple,
tout en lui donnant un contenu plus dynamique. Ce
second couple, en effet, est valable aussi bien pour la
poésie que pour la peinture et la musique. Il souligne
davantage le rapport dialectique du devenir réciproque
entre l'homme et la nature : le sentiment humain peut
se déployer en paysage et le paysage de son côté est
doué de sentiment. Tous deux sont pris dans un processus de transformation mutuelle et de commune
transfiguration.

À partir de ces deux couples qui ont fondé la poétique chinoise, les théoriciens, au cours des siècles,
n'ont pas manqué d'effectuer un minutieux travail
d'analyse afin de distinguer les genres, les styles, ainsi

que les différentes sortes d'inspiration et modes d'expression, etc.

Mais ne nous éloignons pas de notre propos principal.

Après cet assez long détour par le rappel du fondement de la pensée chinoise et quelques précisions sur la poétique chinoise, le moment est enfin venu d'aborder les trois notions fondamentales que nous avons mentionnées au début, à savoir, le *yin-yun*, « l'interaction unifiante », le *qi-yun*, « le souffle rythmique », et le *shen-yun*, « la résonance divine ». Selon l'esthétique chinoise, toute œuvre d'art digne de ce nom – plus précisément la peinture et la poésie – se doit de posséder les qualités que désignent ces notions. Elles peuvent donc servir de critères pour juger de la valeur d'une œuvre. Ici, un doute nous saisit un instant encore. Peut-on réellement avancer des critères de valeur pour juger d'une œuvre d'art ? L'idée commune de « à chacun son goût » ne suffit-elle pas pour décourager tout effort dans ce sens ? Par ailleurs, toute œuvre d'art a une forme. Celle-ci peut primer sur le contenu et brouiller les pistes qui permettent de repérer les valeurs authentiques. C'est ainsi que le contenu d'une œuvre peut être exécrable : haineux ou scabreux, d'une violence aveugle, ou dénué de toute humanité, et que sa forme peut séduire par des agencements ingénieux, des procédés expressifs. Une telle œuvre est-elle vraiment d'essence supérieure ? Se révélera-t-elle jamais de premier ordre ? Tout critère de valeur s'avère-t-il impossible ? Et le travail que nous avons effectué pour cerner la vraie beauté demeure-t-il ici inutile ? Les Chinois anciens, en tout cas, ne s'y sont pas résignés. Ils ont compris qu'il fallait dépasser le niveau où se manifestent la variété des formes engendrées par l'art, et la variété des goûts dont les hommes font preuve ; qu'il fallait se situer résolument à un niveau plus élevé, plus en amont, plus proche de la source même de la Création. Adeptes du Tao, de la Voie, ils étaient convaincus que la marche de la Voie est elle-même une création continue, et que l'homme, par son acte de créer, y participe et, par là, gagne sa dignité. Aussi ont-ils tenté de dégager des notions qui précisent les valeurs nécessaires fondées sur le principe de Vie. Notions qui sont, répétons-le, en lien étroit avec leur cosmologie d'après laquelle les gestes humains sont reliés à la « gestation universelle ».

Voici donc les trois notions fondamentales qui constituent un système à trois degrés. Je les présenterai dans l'ordre organique suivant : le *yin-yun*, le *qi-yun* et le *shen-yun*.

1. D'abord, à la base, le premier degré, le *yin-yun*, « l'interaction unifiante ». Cette notion signifie que les éléments qui composent une œuvre doivent être pris dans un processus de continuelle interaction unifiante, condition nécessaire pour que l'œuvre devienne une unité organique vivante. Au sens littéral, elle évoque un état atmosphérique, lorsque différents éléments, les uns relevant du Yin, les autres du Yang, entrent en contact, en échange. Ceux-ci s'attirent, s'interpellent, s'interpénètrent pour former un magma, ou plutôt une osmose, d'où émergent et s'affirment les figures, avec leur ossature, chair, forme et mouvement.

Métaphoriquement, la notion suggère aussi un acte sexuel où les partenaires prennent conscience de leur différence tout en tendant vers l'union. Tout cela à l'image du *Hun-dun*, « Chaos initial », qui contenait en germe la différenciation et qui n'a eu de cesse d'aboutir à l'avènement du Ciel et de la Terre. Ceux-ci, une fois là, affirment chacun leur être, tout en sachant qu'ils sont complémentaires l'un de l'autre, car ils n'oublient pas leur mélange originaire. Il y a là un perpétuel mouvement dynamique de contraste et d'union qui soustend la matière vivante d'une œuvre picturale et qui lui est indispensable. À propos du Ciel-Terre, je pense à l'idéogramme « un » qui s'écrit en un seul trait horizontal. Ce caractère, dans la pensée chinoise, représente le trait initial – le Souffle primordial – qui séparait le Ciel et la Terre ; il signifie par conséquent à la fois la division et l'unité.

À partir de ce caractère, comment ne pas penser à la théorie de l'Unique-trait-de-pinceau chère au grand peintre du XVIIe siècle Shitao ? Selon ce dernier, l'Unique-trait-de-pinceau, unité de base, implique tous les traits possibles et imaginables ; il incarne à la fois l'un et le multiple, à l'instar du Souffle primordial qui est unité de base et qui anime tous les êtres. Détenant l'Unique-trait-de-pinceau, l'artiste peut donc aller à la rencontre du multiple, de l'immense, sans jamais se perdre ; au contraire, il est à même d'accéder à un ordre supérieur qu'est l'interaction unifiante. Shitao a d'ailleurs consacré à la notion de *yin-yun* un chapitre dans son *Propos sur la peinture*, en disant que, dans un sens très concret, le *yin-yun* désigne aussi ce moment décisif où le pinceau de l'artiste rencontre l'encre pour donner naissance à une figure ou à une scène. Dans l'imaginaire artistique chinois, l'encre incarne tout le virtuel d'une nature en devenir, et le pinceau, lui, l'esprit de l'artiste qui aborde et exprime cette nature en attente d'être révélée. Ainsi, dans le pinceau-encre qui réalise le *yin-yun* se noue la charnelle relation entre le corps sentant de l'artiste et le corps senti du paysage. Au total, le *yin-yun* est bien cette qualité intrinsèque à une œuvre : un ordre unifiant surgi à l'intérieur même d'une interaction à multiples niveaux entre les divers éléments qui composent une matière, entre la matière et l'esprit et, finalement, entre l'homme-sujet et l'univers vivant qui lui-même est sujet.

2. Comme degré intermédiaire, le *qi-yun*, « souffle rythmique ». « Que soit animé le souffle rythmique » est une des six règles établies par Xie He, au début du VIe siècle, pour l'art pictural. Les autres règles ont trait à l'étude des anciens, aux principes de la composition, à l'utilisation des couleurs, etc. Celle-ci est la seule qui touche l'âme d'une œuvre, en ce sens qu'aux yeux de l'auteur, le souffle rythmique est ce qui structure une œuvre en profondeur et la fait rayonner. Ce point de vue ayant été par la suite épousé par la plupart des artistes, « que soit animé le souffle rythmique » est devenu la « règle d'or » de la peinture et, par extension, de la calligraphie, de la poésie et de la musique. Si le thème du rythme occupe une place aussi éminente dans l'art chinois, c'est que la cosmologie chinoise, fondée sur l'idée du souffle, a introduit, comme naturellement, celle de la Grande Rythmique dont l'univers vivant serait animé.

Toujours d'après cette cosmologie, la pensée chinoise conçoit que « le souffle devient esprit lorsqu'il atteint le rythme » ; ici, le rythme est presque synonyme de loi interne des choses vivantes que les Chinois nomment le *li*. Précisons sans tarder que la signification du rythme déborde largement celle de la cadence, cette lancinante répétition du même. Dans le réel comme dans une œuvre, le rythme anime de l'intérieur une entité donnée, mais il a également affaire à de multiples entités en présence. Il implique

l'entrecroisement, l'enchevêtrement, voire l'entrecho-
quement, lorsque l'œuvre a pour expression le déchaînement, la violence. D'une façon générale, toutefois, le
rythme vise l'harmonie au sens dynamique du mot,
une harmonie faite de contrepoints et de répercussions
justes. Son espace-temps n'est point unidimensionnel.
Suivant un mouvement en spirale chargé de rebondis-
sements ou rejaillissements, il gagne toujours en inten-
sité verticale, engendrant au passage formes imprévues
et échos inattendus. C'est en ce sens qu'au sein d'une
œuvre, le souffle rythmique est fédérateur, structurant,
unifiant, suscitant métamorphose et transformation.

Puisque nous parlons du Souffle, il convient de souligner l'importance du Vide médian ou plutôt des vides
médians. C'est là que se régénère et circule le Souffle.
Ces vides médians, larges ou étroits, évidents ou dis-
crets, donnent la respiration à une œuvre, y ponctuent
les formes et permettent à l'inespéré d'advenir. Je me
permets de citer ici des extraits du magistral texte de
mon maître et ami Henri Maldiney sur le rythme, tant ils
me paraissent à propos : « Le retour périodique
du même, principe de répétition qu'est la cadence, est la
négation absolue de cette création d'imprévisible et
indéplaçable nouveauté dont un rythme est l'événe-
ment-avènement… Cela à l'image d'une vague. Sa
forme en formation, avec laquelle nous sommes en résonance, est le lieu auto-mouvant de notre rencontre, toujours instante avec le monde qui nous enveloppe. Son
élévation et sa descente ne se succèdent pas, elles
passent l'une en l'autre. Au voisinage du sommet, alors
que notre attente s'accélère, le mouvement ascensionnel
de la vague ralentit, mais avant d'atteindre son creux, il
s'accélère. Ainsi, les deux moments, ascendant et des-
cendant, sont chacun en précession de soi dans son
opposé. Ils ne sauraient s'émanciper l'un de l'autre, sans

perdre avec leur coexistence la dimension suivant laquelle ils existent. Les moments d'un rythme n'existent qu'en réciprocité, en son imprévisible avènement… Un rythme ne se déroule pas *dans* le temps et l'espace, il est le générateur de son espace-temps. L'avènement d'un espace rythmique ne fait qu'un avec la transformation constitutive de tous les éléments d'une œuvre d'art en moment de forme, en moment de rythme. Ce rythme, on ne peut l'avoir devant soi ; il n'est pas de l'ordre de l'avoir. Nous *sommes* au rythme. Présents à lui, nous nous découvrons présents à nous. Nous existons dans cette ouverture en l'existant. Le rythme est une forme de l'existence surprise… Rares sont les œuvres en présence desquelles nous avons lieu d'*être*. La nef de Sainte-Sophie de Constantinople, les "Kakis" de Mou-ki, la Sainte-Victoire de Cézanne au musée de Saint-Pétersbourg[1]… »

3. Enfin, au degré le plus élevé, le *shen-yun*, « résonance divine ». Cette expression désigne la qualité suprême que doit posséder une œuvre pour être de première grandeur. On la sent difficilement saisissable, tant elle semble suggérer quelque chose d'abstrait et de vague. Les Chinois se gardent de la figer dans une définition trop rigide, considérant la qualité qu'elle évoque comme un état qu'« on est en mesure d'éprouver sans pouvoir l'expliciter ».

Tentons néanmoins de la cerner du plus près possible. Le *shen* incarne l'état supérieur du *qi*, « souffle » : on le traduit généralement par l'esprit ou l'esprit divin.

---

1. Henri Maldiney, « Notes sur le rythme », dans *Fario*, n° 1 (2005).

Tout comme le *qi*, le *shen* est au fondement de l'univers vivant. Alors que, selon la pensée chinoise, le Souffle primordial anime toutes les formes de vie, l'Esprit, lui, régit la part mentale, la part consciente de l'univers vivant. Cette conception peut étonner. Car dire que l'homme, cet être pensant, est habité par le *shen* semble acceptable par tous. En revanche, affirmer que l'univers vivant est lui aussi habité par le *shen* et que, surtout, il est régi par lui peut paraître suspect à un pur matérialiste. La raison profonde d'une telle conception est que la pensée chinoise ne sépare pas matière et esprit. Elle raisonne en terme de *vie* qui est l'unité de base. Elle distingue des niveaux dans l'ordre de la vie mais ne reconnaît pas de discontinuités, de ruptures organiques entre ceux-ci. Beaucoup considèrent que le peuple façonné par cette pensée était « peu religieux », et cela est probablement vrai. Cela n'a pas empêché le bouddhisme, l'islam et le christianisme de s'implanter par la suite en Chine. Mais, à sa manière, ce peuple avait le sens du sacré, un sacré qui n'est autre que celui de la Voie, cette irrésistible marche de la vie ouverte. Une phrase, apparemment naïve à force d'être simple, semble pouvoir le définir, phrase contenue dans les commentaires du *Livre des Mutations* : « La Vie engendre la Vie, il n'y aura pas de fin. » Ici, la Vie a un sens qui dépasse le seul fait d'exister, elle signifie toujours tout ce qu'elle contient comme promesses de vie. C'est ce principe inaliénable et ouvert qui porte le nom de l'esprit divin. Comment ce sacré, ce *shen*, qui habite aussi bien l'univers vivant que l'homme, prend-il en charge la souffrance née de sa condition mortelle ? Par son exigence et son impartialité, il peut paraître « indifférent » ; et l'homme, souvent écrasé de frayeur, de douleur ou de haine, peut lui réclamer des comptes, ou lui faire violence. Mais le sacré lui-même n'est pas violence.

Avec les artistes, le *shen* entretient une relation de connivence. Les plus grands d'entre eux, poètes et peintres, ont affirmé que leur pinceau était « guidé par le *shen* ». Rappelons que la tradition des lettrés, qui met poésie et peinture à la place suprême de l'accomplissement humain, ne sépare guère l'esthétique de l'éthique. Elle exhorte l'artiste à pratiquer la sainteté s'il veut que son propre esprit rencontre l'esprit divin au plus haut niveau. La langue chinoise a l'habitude d'associer au *shen*, « esprit divin », le *sheng*, « sainteté ». Et le mot composé *shen-sheng*, « esprit divin-sainteté », est là, justement, pour désigner cet instant privilégié où le *sheng* de l'homme entre en dialogue avec le *shen* universel qui lui ouvre la part la plus secrète, la plus intime de l'univers vivant. En sorte que l'expression « résonance divine » est à entendre dans le sens de « en résonance avec l'esprit divin ». L'idée qui en émane est donc d'essence musicale ; la musicalité est effectivement primordiale dans l'art chinois. Toutefois, s'agissant de la peinture et de la poésie, l'aspect visuel ne saurait être négligé ; il nous faut, pour appréhender la notion de « résonance divine », faire appel à l'idée de vision et à celle de présence.

Dans une peinture, le paysage que l'artiste fait naître sous son pinceau peut être altier ou tourmenté, compact ou éthéré, nimbé de clarté ou pénétré de mystère. L'important est que ce paysage dépasse la dimension de la seule représentation et qu'il se donne comme une apparition, un avènement. Avènement d'une présence – non au sens figuratif ou anthropologique du mot – que l'on peut ressentir ou pressentir, celle même de l'esprit divin. Avec toute sa part d'invisible, cette présence correspond à ce que les théoriciens chinois appellent le *xiang-wai-zhi-xiang*, « image par-delà les images ». Elle est proche aussi de ce que la spiritualité *Chan*

expérimente comme *illumination*. Lorsque, devant une
scène de la nature, un arbre qui fleurit, un oiseau qui
s'envole en criant, un rayon de soleil ou de lune qui
éclaire un moment de silence, soudain, on passe de
l'autre côté de la scène. On se trouve alors au-delà de
l'écran des phénomènes, et l'on éprouve l'impression
d'une présence qui va de soi, qui vient à soi, entière,
indivise, inexplicable et cependant indéniable, tel un
don généreux qui fait que tout est là, miraculeusement
là, diffusant une lumière couleur d'origine, murmurant
un chant natif de cœur à cœur, d'âme à âme.

Je viens de prononcer le mot « âme » ; il m'évoque la
notion de *yi-jing*, « dimension d'âme », que nous avons
déjà rencontrée dans la deuxième méditation à propos
de la rose, et qui est, dans la pensée esthétique chinoise, un peu l'équivalent de notre *shen-yun*, « résonance divine ». Tout comme le *shen*, le *yi*, « disposition
du cœur, de l'âme », est ce dont sont dotés aussi bien
l'homme que l'univers vivant. Le *yi-jing* suggère donc
une connivence d'âme à âme entre l'humain et le divin,
que la langue chinoise désigne par l'expression *mo-qi*,
« entente tacite ». Entente jamais complète : il y aura
toujours un hiatus, une suspension, un manque à
combler. L'infini recherché est bien un in-fini. Le vide
qui prolonge un rouleau de peinture chinoise est là
pour le signifier. Ce vide mû par le souffle recèle une
attente, une écoute qui est prête à accueillir un nouvel
avènement, annonciateur d'une nouvelle entente. En
vue de celle-ci, l'artiste, quant à lui, est toujours prêt à
endurer douleur et chagrin, privations et perditions,
jusqu'à se laisser consumer par le feu de son acte, se
laisser aspirer par l'espace de l'œuvre. Il sait que la
beauté, plus qu'une donnée, est le don suprême de la
part de ce qui a été offert. Et que pour l'homme, plus
qu'un acquis, elle sera toujours un défi, un pari.

Table

LA JOIE : EN ÉCHO À UNE ŒUVRE DE KIM EN JOONG, Cerf, 2011.

ŒIL OUVERT ET CŒUR BATTANT : COMMENT ENVISAGER ET DÉVISAGER LA BEAUTÉ, Desclée de Brouwer, 2011.

CINQ MÉDITATIONS SUR LA MORT : AUTREMENT DIT SUR LA VIE, Albin Michel, 2013.

ASSISE, Albin Michel, 2014.

ENTRETIENS AVEC FRANÇOISE SIRI, Albin Michel, 2015.

Livres d'art, monographies

L'ESPACE DU RÊVE, MILLE ANS DE PEINTURE CHINOISE, Phébus, 1980.

CHU TA, LE GÉNIE DU TRAIT, Phébus, 1986, 1999.

SHITAO, LA SAVEUR DU MONDE, Phébus, prix André-Malraux, 1998.

D'OÙ JAILLIT LE CHANT, Phébus, 2000.

ET LE SOUFFLE DEVIENT SIGNE, Iconoclaste, 2001, 2014.

QUE NOS INSTANTS SOIENT D'ACCUEIL, avec Francis Herth, Les Amis du Livre contemporain, 2005.

PÈLERINAGE AU LOUVRE, Flammarion/Louvre, 2008.

Recueils de poésie

DE L'ARBRE ET DU ROCHER, Fata Morgana, 1989.

SAISONS À VIE, Encre marine, 1993.

36 POÈMES D'AMOUR, Unes, 1997.

DOUBLE CHANT, Encre marine, prix Roger-Caillois 1998.

CANTOS TOSCANS, Unes, 1999.

POÉSIE CHINOISE, Albin Michel, 2000.

QUI DIRA NOTRE NUIT, Arfuyen, 2001.

LE LONG D'UN AMOUR, Arfuyen, 2003.

Le Livre du vide médian, Albin Michel, 2004.

À l'orient de tout, Gallimard, 2005.

Vraie lumière née de vraie nuit, Cerf, 2009.

Quand les âmes se font chant, avec Kim En Joong, Bayard, 2014.

La vraie gloire est ici, Gallimard, 2015.

Enfin le royaume, Gallimard, 2018.

Le Livre de Poche s'engage pour l'environnement en réduisant l'empreinte carbone de ses livres. Celle de cet exemplaire est de :

250 g éq. CO$_2$

Rendez-vous sur www.livredepoche-durable.fr

PAPIER À BASE DE FIBRES CERTIFIÉES

Composition réalisée par IGS-CP

Achevé d'imprimer en octobre 2022 en Espagne par
Liberdúplex 08791 St Llorenç d'Hortons
Dépôt légal 1re publication : novembre 2010
Édition 18 – octobre 2022
LIBRAIRIE GÉNÉRALE FRANÇAISE – 21, rue du Montparnasse – 75298 Paris Cedex 06

31/3326/1